*86, année blanche*

Du même auteur,
chez le même éditeur

*Je suis la marquise de Carabas*, 2012
(et « Piccolo » n° 103)
Prix Thyde Monnier de la SGDL
Prix des lecteurs de la ville de Clichy

*Décorama*, 2014
Prix du deuxième roman de Laval

Lucile Bordes

# 86, année blanche

Liana Levi

ISBN : 978-2-86746-813-1
www.lianalevi.fr

Je dédie ce roman au monsieur qui, dans le Paris-Cherbourg de 17h10, parla tant et si fort qu'il me fit souvenir que j'avais été un peu russe il y a de ça trente ans.

Une partie de ses propos est fidèlement consignée, « pour mémoire », à la fin du livre.

*Cher Monsieur,*

*Je n'ai vu de vous que le crâne. Les petits cheveux, le haut du front. Entre vous et moi la moquette grise à chevrons des banquettes de seconde classe et un encart collé au dos de la tablette en métal que je venais de relever :*

ATTENTION

*Descendre du train au dernier moment*

*= mauvaise idée*

*Mais vous parliez si fort, avec tant d'assurance, que je n'ai pas pu faire autrement, autre chose, que vous écouter. D'ailleurs vous aviez prévenu votre interlocuteur : le nucléaire, vous pouviez en parler jusqu'à demain.*

*Je dois, Monsieur, vous remercier.*

*Grâce à vous, votre faconde, vos petits rires gênés, grâce au silence aussi des autres voyageurs, je me suis sentie russe comme quand j'avais quinze ans, en 1986, au moment de la catastrophe de Tchernobyl.*

*Je me suis souvenue de l'adolescente que j'étais, de la peur et du silence, des jours à rôder sur l'envers du monde. J'ai décidé de faire un livre de ce souvenir, un livre qui parlerait non de la déflagration, mais du silence autour. J'ai imaginé trois femmes, trois femmes comme trois focales différentes pour dire un événement qui, trente ans après, reste impensé.*

*Car malgré tout ce qu'on en a dit, tout ce qu'on en dit encore, Tchernobyl est impensable. On peut dater la catastrophe, la raconter minute par minute, jour après jour. On a tourné des films qui la chroniquent au plus près, établissent des faits, rendent justice aux hommes. Svetlana Alexievitch a écrit* La Supplication. *Mais Tchernobyl n'existe ni pour vous, ni pour moi. Les tour operators le savent, qui organisent dans la zone interdite des visites pour touristes en mal de sensations. Ceux-là viennent se pencher au bord du vide, sur les restes du drame. Ils veulent une histoire, et on la leur vend.*

*À Tchernobyl il a été une fois.*

*C'est comme ça qu'on pense la catastrophe, quand on a eu la chance d'être un peu loin du nuage, du bon côté du monde, autant dire sur une autre planète.*

*On lit partout que le temps s'est arrêté à Prypiat. C'est faux. Les riches curieux qui arrivés sur place photographient les vestiges de l'époque soviétique se prennent pour des voyageurs venus du futur. Ils se trompent. Ce monde mort est le leur. Ce temps leur temps.*

*Prenez vos nuits pour imaginer : il existe un endroit sur terre où l'homme a rendu sa vie impossible. C'était il y a trente ans et c'est maintenant.*

*Mens, mais souviens-toi.*
(proverbe russe)

# Lucie

J'avais quinze ans et le monde à mes pieds. Je n'aimais ni moi ni les autres, ce qui me laissait une liberté souveraine. J'étais en seconde. J'allais au lycée en mobylette. Le midi je rentrais chez mes parents, jamais pu supporter la cantine, trop de gens qui mangent. C'était l'année où j'apprenais mon cours d'économie à patins à roulettes, sitôt la table débarrassée, tournant à toute allure jusqu'à l'étourdissement autour de l'immense salon-salle à manger familial. Je ne comprenais rien à l'économie. Je n'avais trouvé que les patins pour retenir jusqu'à l'heure suivante les mots et les graphiques qui ne signifiaient rien.

J'avais des patins de compétition, quatre roues rouges caoutchoutées, chausson souple aux couleurs de l'Amérique d'où mon grand-père me les avait ramenés. Mon grand-père ne jurait que par les Américains. Tout là-bas était plus grand, plus moderne. Ma grand-mère et lui y étaient allés rapport à leur travail, pour se faire une idée du marché de l'électroménager outre-Atlantique. Ils en étaient revenus estomaqués. Conquis. Mon grand-père surtout. Il parlait de leurs frigos, de leurs voitures et des gratte-ciel avec passion. Il gardait des dollars dans le coffre scellé sous son chevet de lit. Le soir quand je dormais chez eux on regardait *Dallas* à la télévision. Ils avaient deux télés comme en Amérique. Il allumait celle de la chambre et on s'installait, ma grand-mère et moi dans le lit, lui par terre sur la moquette. Ma grand-mère trouvait Bobby très beau, lui il s'identifiait à John, le patriarche, mais son préféré était J.R. Il aurait bien aimé être un Américain.

Pendant que je tournais dans le salon avec mes patins à roulettes du Nouveau Monde, mes parents prenaient le café à la cuisine, de l'instantané qui donnait très soif, rien à voir avec le vrai café que je m'étais mise à boire au bar en cachette, parce que c'était le moins cher sur la carte. Au bout d'une vingtaine de minutes, je savais ma leçon et mon père sortait de la cuisine et allumait le poste pour regarder les informations. Je m'enfermais dans ma chambre en attendant l'heure de repartir au lycée.

La première fois que j'ai entendu parler de Tchernobyl, c'était le mardi 29 avril, en passant, mon sac sur l'épaule, devant la télé allumée. Mon père râlait, je me suis arrêtée. À l'écran s'affichait une carte de l'Europe sur laquelle des flèches dessinaient un mouvement tournant vers le haut, puis vers le bas, que je n'ai pas davantage comprise que les courbes sur les graphiques illustrant mon cours d'économie. Tu vas voir qu'à cause de ces connauds on va plus pouvoir faire les champignons. Voilà ce qu'a dit mon père. Ça n'a l'air de rien, ça sonne un peu décalé, mais c'était une déclaration très perspicace.

On sait bien sûr aujourd'hui que le nuage radioactif ne s'est pas arrêté aux frontières de la France et que dans le Sud-Est, et en Corse, le nombre de cancers de la thyroïde a considérablement augmenté après Tchernobyl. Sur le site internet du parc du Mercantour sont cartographiées les zones où trente ans après il est toujours déconseillé aux randonneurs de s'arrêter pour pique-niquer. Il s'agit de poches, de replats soyeux, précisément le genre d'endroits où l'on serait tenté de se reposer à l'abri du vent, dos contre la pente douce, et sommeiller un peu. Sauf que les mesures sont là. À certains endroits, les niveaux de radiation sont encore cent fois supérieurs à la normale. Les adultes doivent interdire aux enfants de s'asseoir à même le sol.

Mais le plus perspicace, dans la déclaration de mon père, c'était cette histoire de champignons qui, je m'en rends compte aujourd'hui, est très russe. J'ai lu dans un guide de voyage qu'en Ukraine la cueillette des champignons est un « sport national », qui se pratique au mois de septembre, tôt le matin. Il existe d'ailleurs un mot spécifique pour dire *cueillette des champignons* et ce mot signifie littéralement « chasse calme ». Avec Tchernobyl, finie la chasse calme. Tchernobyl gâche les dimanches à la datcha et au cabanon. On ne sait pas encore pour combien de temps, mais c'est déjà trop, et injuste. Le dimanche à la campagne, ici comme ailleurs, c'est la seule chose vraiment à soi, le seul temps qu'on se donne. Avec les champignons qu'on cueille on met dans le panier la forêt à l'aube, l'odeur encore rase des feuilles, celle des mousses plus élancée, féroce contre le jour qui se lève. On met le silence des troncs, et au-dessus le bruit d'eau des feuillages. On met les appels, les sifflets qui permettent d'avancer sans se perdre, la lame égale du couteau, les envols soudains à trois pas, et l'odeur sur les doigts qu'on frotte un peu pour la garder mieux. Avec les champignons on met une journée en famille, la table où on les trie, la poêle où on les fait frire, les dimanches passés et ceux à venir.

Ce jour-là, à deux mille kilomètres de distance, mon père faisait donc preuve avec sa sortie sur les champignons d'une rare empathie : il se joignait au chœur tragique des calmes chasseurs russes et ukrainiens. Il ne pensa qu'à ça, il y pensa tout de suite, ces connauds le privaient du seul plaisir qu'il croyait intangible, hors de portée des aléas politiques.

Je ne sais pas qui étaient les connauds en question. Sur le moment j'ai dû penser que c'étaient les Russes. D'après mon grand-père, rien de bon ne pouvait venir des Russes (à l'époque on disait *Russe* pour tout citoyen de toute République soviétique). Ils avaient mal surveillé leur centrale nucléaire, et maintenant on n'irait plus au bois, parce que la radioactivité se déplaçait dans l'air, poussée par le vent, là où il pleuvait empoisonnait le sol et se retrouvait dans les plantes, spécialement les champignons, qu'est-ce qu'on allait manger avec la polenta ?

Autant dire que je n'ai pas saisi tout de suite la gravité de ce qui se passait. Je n'ai rien dit, pas commenté, je suis partie pour le lycée, à mobylette. J'étais une des seules à rentrer chez moi le midi, les autres n'avaient entendu parler de rien, et ni le prof d'économie ni celui d'histoire, ni celui de français qui s'est suicidé depuis ne nous ont rien expliqué.

Tchernobyl faisait déjà, pourtant, la une des quotidiens. À la maison on n'achetait pas le journal, mais j'ai pu le lire chez mes grands-parents, où je me suis arrêtée exprès après les cours (eux l'achetaient tous les matins). Il titrait sur le grave accident nucléaire survenu à la centrale Vladimir Ilitch Lénine pendant le week-end et que la télévision russe avait annoncé seulement la veille au soir, pendant qu'on regardait sur TF1 *Population zéro* de Michael Campus – un film de science-fiction avec Géraldine Chaplin racontant comment, face à l'accroissement de la race humaine, les gouvernements du monde entier décident d'interdire la reproduction pendant trente ans. Trente ans ! Ma mère qui détestait Géraldine Chaplin était allée se coucher, mon père était resté je crois pour me tenir compagnie, mais il était mal à l'aise. Il n'aimait pas cette idée de procréation interdite, de bébés remplacés par des poupées qui parlent. Ni les atmosphères irrespirables. Il s'est rappelé avoir mis une fois un masque à gaz, au service militaire, et avoir fait une crise d'asthme qui l'aurait tué plus sûrement que l'ypérite.

La question de la survie de l'espèce devenant subitement d'actualité, j'interrogeai mon grand-père sur les moyens de se protéger de la radioactivité. D'après lui, le masque n'était de toute façon d'aucune utilité. Il fallait de l'iode. Mais, ajouta-t-il, nous n'avions rien à craindre. Et pour se changer les idées il y avait ce soir sur la 3 le western du mardi, *La Bataille de la vallée du Diable.* C'était drôle qu'il me dise ça parce que juste derrière lui, posée dans une niche à côté d'une collection de pièces de monnaie servies sur velours noir, une photo le représentait en plan américain, mains sur les hanches et mâchouillant un cigare à l'abri d'un chapeau de cow-boy.

Dans le journal de la veille que je regardai machinalement, celui du lundi 28, il était aussi question de nucléaire. David Lange, le premier ministre de la Nouvelle-Zélande, condamnait le premier essai de l'année à Mururoa. C'était bizarre de se dire que les Français avaient effectué ce tir deux jours après la fin du monde. Parce qu'un « grave accident nucléaire », c'est un peu la fin du monde, non ? Je ne situais sur la carte ni Mururoa, ni Tchernobyl. Est-ce qu'il était possible que la fin du monde ne me concerne pas ?

Est-ce que ça pouvait être la fin du monde à un endroit et pas à un autre ? Je gardai pour moi mes questions, embrassai mes grands-parents et rentrai à mobylette pour le repas du soir. Au feu rouge après le pont de chez Fabre il me sembla que montait de la ville, et de la mer autour, un silence brutal que le moteur deux temps peinait à repousser. Mais à la maison c'était comme d'habitude. Mon père avait préparé à manger, mon petit frère tapait dans son ballon sur la terrasse. Quand ma mère est arrivée du magasin, on est passé à table.

Le lendemain, j'ai pris sur mon argent de poche pour acheter *Var Matin.* L'accident grave était devenu catastrophe. En une, l'URSS appelait à l'aide internationale. Je pensai au silence que j'avais levé la veille au pont de Fabre, comme à la chasse on lève une bécasse. Il y avait des détails. Le cœur de la centrale avait entièrement fondu. Un incendie monstre. L'évacuation des populations était en cours. Deux mille morts déjà, selon des sources américaines. Mais en page 14 figuraient plusieurs encarts rassurants : « Les accidents nucléaires dans le monde » (preuve qu'il avait jusqu'ici tenu bon), « Notre système de protection » (forcément très au point), « Des risques pour l'Europe de l'Est » (à l'Ouest, rien de nouveau).

J'ai attendu le treize heures. À la télé, ils ne montraient rien. Rien à part le trajet de leur foutu nuage. N'empêche que le monde savait maintenant où se trouvait Tchernobyl. Au niveau de la croix rouge, sur la carte de l'Europe.

À seize heures après le foot mon petit frère est entré dans ma chambre et m'a demandé si on allait tous mourir. Ses copains lui avaient dit ça, que quand le nuage de Tchernobyl arriverait chez nous, on mourrait tous. Qu'en Pologne ils étaient tous déjà morts, sauf ceux qui avaient des abris anti-atomiques, mais y'en avait pas beaucoup, et chez nous non plus, y'en avait pas, est-ce que je pensais que peut-être un blockhaus ferait l'affaire ? Parce que des blockhaus par contre on en a plein. J'ai répondu qu'évidemment les blockhaus c'était parfait, mais qu'en plus on n'en aurait pas besoin, parce que le nuage ne tuait pas, ses copains s'étaient moqués de lui, un nuage à la rigueur ça pique les yeux, ça fait tousser et pleurer un peu, un peu comme quand on coupe un oignon, mais pas plus. Il est reparti taper dans son ballon sur la terrasse, heureusement que ma mère n'était pas là, ça la rendait folle, le bruit régulier du ballon contre le mur, mon frère jouait à ça des heures, hypnotisé, il visait toujours le même point entre les deux baies vitrées. Il a tiré, je ne sais pas, peut-être une dizaine de fois, puis il y a eu un drôle de silence et j'ai levé la tête de mon exercice de maths et il était revenu à ma porte. Et papa, est-ce qu'il va mourir ? il a demandé.

## Ludmila

Et papa ? a demandé Marina. Je me suis allumé une cigarette. J'avais rassemblé quelques affaires que j'avais fourrées dans un sac, le même sac que quand on partait pour la fin de semaine chez les parents de Vassyl à Varovichi. On va chez grand-mère ? Marina était pleine d'espoir. On va faire un petit voyage en bus, j'ai éludé. Et papa ? Papa nous retrouvera après, il est au travail, tu sais bien.

On était le dimanche 27 avril et j'avais vingt-cinq ans. Vassyl était parti à l'aube. Des collègues étaient venus le chercher. Il leur avait dit de partir devant, qu'il les rejoignait, le temps de démarrer la mobylette. Il était parti avec dans la poche un bout de saucisson et un petit pain en m'assurant qu'il serait là pour dîner. Nous ne nous étions pas embrassés. C'est à ça que je pensais ce matin-là, nous ne nous étions pas embrassés. J'en voulais beaucoup à Daria, notre voisine, à cause de qui nous n'osions pas nous parler depuis la veille.

La soirée avait pourtant bien commencé. J'avais réuni à la maison, comme souvent le samedi, des voisins et des amis : Petro et Ioulia qui étaient venus de Kiev avec le Français dont elle avait fait connaissance à l'université, Dimitri et Olga qui habitaient l'immeuble depuis peu et à qui avait été attribué l'appartement du dessus, Daria Ivanovna qui mangeait toujours avec nous quand son mari était de garde (elle couchait ses enfants et laissait les portes palières entrouvertes). Avec nous trois, ça faisait neuf personnes autour de la table, et c'était un joli tableau. J'avais cuisiné tout l'après-midi pour que l'assemblée se régale, et faire honneur au Français, dont Vassyl était si curieux. Mon homme pouvait être fier.

Tout le monde savait pour l'incendie à la centrale. J'avais croisé de nombreux militaires dans les rues, et au jardin d'enfants, la situation était visiblement entre de bonnes mains. Nous pouvions dormir sur nos deux oreilles. Mais Daria Ivanovna n'était pas tranquille. Elle avait demandé à ce qu'on ferme les fenêtres, malgré la chaleur étouffante qui régnait dans la pièce et l'odeur forte des corps échauffés par la viande et l'alcool. Elle avait tordu le nez quand nous avions refusé en chœur. Après elle s'était tue, se contentant de jeter de temps à autre des regards furieux en direction des vitres grandes ouvertes.

Ioulia faisait également une drôle de tête. Elle ne se sentait pas très bien. Ça n'avait surpris personne qu'elle préfère ne pas monter chez Dimitri et Olga quand il avait été question d'aller voir la lumière au-dessus du réacteur. Le Français, qui avait trop bu, avait hésité à rester avec elle, mais les hommes l'avaient encouragé, et soutenu un peu par les épaules, et il était monté aussi. Après tout, ce n'était pas un spectacle auquel on pouvait assister tous les jours.

Une fois là-haut, Daria avait répété qu'il valait mieux fermer les fenêtres, mais personne n'avait fait attention à elle. C'était beau. Quelqu'un avait dit que ça ressemblait à une aurore boréale, un autre l'avait repris, un arc-en-ciel plutôt. Daria s'était mise en colère :

– Vous êtes vraiment des inconscients ! Ce n'est pas possible d'être naïf à ce point ! Ça n'a rien d'un arc-en-ciel, c'est de la fumée radioactive ! Mon mari a téléphoné de la centrale. Il m'a dit d'envoyer immédiatement les enfants chez ma mère, qu'il y avait eu une explosion et que l'air était contaminé.

– À la radio ils ont parlé d'incendie, pas d'explosion. Et ils ont affirmé qu'on ne risquait rien…

– J'ai fait leurs sacs, je suis allée les chercher à l'école, je les ai conduits à Kiev. Vous devriez faire pareil avec Marina.

– Un collègue de Vassia se marie demain, ils n'ont pas annulé la noce…

– Mais enfin Mila ! Tu as vu les militaires, aujourd'hui, dans les rues ? Les femmes bras nus, et eux emballés dans leurs combinaisons plastique ? Pourquoi portent-ils des masques, d'après toi ? Pourquoi baladent-ils leurs dosimètres jusque sur les roues des poussettes ? Ceux qui sont allés en forêt sont revenus les jambes noires, comme si elles avaient brûlé. À l'école certains gamins ont eu des étourdissements, beaucoup ont vomi… Tu as vu comme moi la couleur des flaques, et les oiseaux morts. Crois-moi, c'est dangereux de garder Marina ici. Demain je rejoins les enfants, je peux la prendre avec moi quelques jours si tu veux…

– Comment peux-tu dire des choses pareilles ? Nous n'aurions jamais gagné la Grande Guerre patriotique avec des gens comme toi !

C'était insupportable, ce doute que Daria instillait. La fête était gâchée. Vassyl et Petro étaient demeurés cois, yeux baissés, flancs battants comme deux bêtes molles. Le Français n'avait pas l'air de comprendre. On avait entendu claquer la porte de Daria. Vassyl, reprenant ses esprits, avait remercié Dimitri et Olga pour le coup d'œil et annoncé qu'il allait raccompagner nos amis. Nous étions redescendus silencieusement. Ioulia nous attendait sur le palier. Elle avait tout entendu et nous scrutait d'un air inquiet.

De la fenêtre de ma cuisine, quelques instants plus tard, je les avais vus installer le Français à l'arrière de la voiture. Ioulia m'avait fait un signe de la main avant de disparaître côté passager. Puis Petro avait pris place au volant, baissé la vitre pour récupérer deux bouteilles de vodka que Vassyl avait sorties de ses poches, et il avait démarré.

Ensuite nous avions débarrassé la table et rangé en silence. Vassyl avait mis Marina au lit, il m'avait aussi aidée en essuyant la vaisselle. Je lui en avais été reconnaissante. Nous faisions une bonne équipe. Mais aucun de nous ne voulait parler en premier. Nous ne savions pas quoi penser de l'attitude de Daria Ivanovna. Nous aurions aimé qu'on nous dise quoi en penser, et surtout quoi faire. Nous nous étions couchés côte à côte en silence, et c'est le téléphone qui nous avait réveillés. On avait besoin de chimistes à la centrale.

Je m'étais levée pendant qu'il se préparait. J'avais allumé une cigarette. Il était encore là que j'avais déjà commencé à l'attendre. À ce soir, il a dit. Je serai sûrement rentré pour le dîner.

On ne pouvait pas savoir.

Marina dormait encore. Je me suis installée dans le fauteuil de Vassyl et j'ai regardé longtemps notre appartement. Personne pour le traverser, déplacer une chaise, chercher un objet ou en ranger un autre, pas un bruit de voix ou de respiration, pas même un rideau qui batte doucement contre une fenêtre entrouverte ou le chuchotement d'un plat sur le feu. Je regardais notre appartement et je me suis dit que je ne l'avais jamais vu. Je le voyais comme du dehors, comme si je flottais à l'extérieur au niveau du deuxième étage. Tout était là, sous mes yeux : mais le salon dont j'aimais le meuble à vitrine et les murs blancs sur lesquels ressortaient nos photos de famille, mais la cuisine et le pain dans la huche ronde, mais notre chambre aux rideaux tirés et aux armoires pleines (une de linge, une de bocaux, ou à peu près), mais l'alcôve que Vassyl avait tendue de tissu bleu où dormaient notre petite fille et ses poupées, le couloir même qui reliait notre cocon au palier et par là à l'extérieur, tout était à l'abandon. Rien ne me semblait plus familier. Quel genre de personnes vivaient là ? Heureuses ou malheureuses ? Aimantes ou résignées ? Méritantes ou indignées ? Crédules ou critiques ? Fanatiques ? J'aurais aimé trouver la réponse épinglée sur un mur, notée sur un bout de papier laissé à mon intention dans la cuisine. Je n'arrivais pas à penser clairement à nous. Quelque chose s'était détraqué la veille qui me coinçait là dans l'appartement silencieux.

Quand je m'étais finalement assoupie, lovée dans le fauteuil de Vassyl, des chats se battaient dans la rue. Ils poussaient des cris affreux, et parfois des couinements de nourrisson qui se transformaient en râles tonitruants. Le combat était acharné et résonnait entre les bâtiments avec par moments une frénésie infernale, une cadence de machine-outil.

## Lucie

On n'est pas des machines, a dit mon père. Ils peuvent pas nous faire ça. Là-dessus il est allé se coucher pour quinze jours. Tu ne manges pas? a demandé ma mère dans son dos. On est passé à table tous les trois, ma mère, mon petit frère et moi. Sur le rebord de la fenêtre étaient alignés les pots de muguet que nous avions reçus des voisins, de ma grand-mère, de ma tante. Certains avec une étiquette «Je porte bonheur». Mon père n'avait pas daigné les regarder. Le 1er mai, pour lui, c'était la Fête du travail. Hors de question d'acheter des brins jaunâtres à des gens comme vous et moi qui cherchent à se faire trois sous. Il avait pris comme les autres son muguet au PCF qui venait le vendre dans les ateliers et s'était levé tôt pour aller manifester. Mais pendant la manif, sous les drapeaux rouges de la CGT, il avait appris, ce n'était qu'une rumeur, la rumeur disait qu'on n'éviterait pas le dépôt de bilan. Que les chantiers allaient fermer, malgré les efforts consentis, les compromis, le plan social. La rumeur disait que la droite au pouvoir oserait ce à quoi la gauche s'était refusée. Que le gouvernement de droite liquiderait ce que celui de gauche avait laissé pourrir en investissant juste assez pour maintenir la Navale sous perfusion. Fini les subventions. Madelin allait suivre les orientations de Bruxelles.

Le plus dur, pour mon père, c'était de ne jamais savoir à quoi s'en tenir. Voile blanche un jour, voile noire le lendemain. Et chaque matin se demander en arrivant à quel poste on sera affecté, vu qu'on est de moins en moins nombreux. Se surprendre à écouter le silence du côté des aires de préfabrication. Voir les quais vides. Les matins de largade, se sentir comme le quai, lessivé. Les copains syndicalistes qui disent que ça va payer, puis qui ne disent plus rien, et puis qu'il faut lâcher. Ce que la lutte fait au corps, le jour bandé, la nuit saccagé. Les tripes en bandoulière. Les tripes exhibées, brandies, offertes à bout de bras et à grands cris à des qui ne les veulent pas. Ce que la lutte réveille. Ce qu'elle fait pressentir de désastre, si on perd. Le plus dur c'est de regarder le quai désert et de savoir qu'on sera rincé comme lui, et battu et rebattu.

## Ioulia

Ce samedi soir, la route était déserte. Petro ne conduisait jamais aussi bien que quand il était saoul. Du moins c'était mon avis. Au poste de contrôle, à la sortie de Prypiat, il a ralenti, mais je n'ai vu personne. Il a accéléré de nouveau. Nous roulions vitres baissées. Il faisait bon. Dans la bouche j'avais ce goût acide dont je ne disais rien, parce qu'il ne ressemblait à rien que je connaissais. Je ne savais pas que c'était le goût de l'iode radioactif que la centrale crachait, avec d'autres substances toxiques, depuis vingt-quatre heures à peu près. J'étais contente de rentrer.

Je ne prenais aucun plaisir à ces moments passés à Prypiat. Mais à chaque fois que nous quittions Kiev pour aller en forêt, Petro tenait à ce que nous nous arrêtions chez son ami Vassyl, à l'aller ou au retour. Et à chaque fois, je suppliais :

– Petia ! Est-ce que nous sommes vraiment obligés ? La petite s'est endormie, on pourrait peut-être rentrer directement à Kiev !

– Si Vassia l'apprend, il me tue ! Je ne peux pas lui faire ça.

Et c'était reparti pour le couplet sur les amitiés enfantines, le foulard rouge des pionniers, les camps d'été et les premières filles.

Vassyl et Ludmila habitaient un des immeubles les plus hauts de Prypiat, tout contre la forêt. Il était difficile de croire que Prypiat était une vraie ville. Tout était tellement neuf. La cité avait des airs de démonstration. Parcs, squares, jardins d'enfants, crèches, écoles primaires et secondaires, hôpital, centre sportif et piscine olympique, centre culturel et cinémas, centre commercial et cafés, rien ne manquait. Un parc d'attractions avec une grande roue aux nacelles volantées de jaune allait ouvrir au mois de mai. Prypiat, vitrine de la République atomique. Des roses partout à la belle saison. Si je n'avais pas connu Vassyl et Ludmila, j'aurais juré que les habitants étaient faux. Qu'ils étaient payés pour être là, et faire semblant de vivre. D'une certaine manière, c'était le cas : ils travaillaient tous à la centrale. Il n'y avait pas de vieux à Prypiat. Que des familles, des jeunes gens, beaux et instruits pour la plupart. Il faut dire que la ville avait une dizaine d'années seulement, mais je ne doutais pas qu'on remplacerait bientôt cette première génération par une autre aussi admirable. Les candidats étaient nombreux, attirés par la ville modèle, un niveau de services bien au-dessus de la moyenne de l'Union, des magasins achalandés comme nulle part ailleurs.

Tous vous diront qu'ils vivaient bien à Prypiat. D'une inauguration l'autre, ils n'arrêtaient pas de s'applaudir d'être là. Mais pour moi, la forêt était décidément trop proche, et l'espace trop ouvert. J'étais sûre que les bêtes s'aventuraient la nuit au-delà des arbres et remontaient les larges avenues. J'avais hâte de rentrer à Kiev, de laisser entre les bois et moi les rues anciennes de notre quartier au bord du Dniepr.

Zoïa par contre adorait l'endroit. Elle trouvait tout très grand, il y avait de la place pour jouer, et courir, on pouvait crier entre les bâtiments sans gêner personne. Elle se réveillait dès que son père coupait le moteur au bas de l'immeuble de Vassyl. Avant d'ouvrir la portière de la Lada que nous prêtaient mes parents, me retournant sur le siège passager, je regardais d'un œil critique tout ce qui me rendait d'ordinaire ma fille si précieuse, les cheveux défaits, les épaules maigres, le pantalon trop court qu'on ne craint pas d'abîmer dans les bois, le col mâchouillé du tee-shirt, et je rassemblais mes forces pour me jeter dans la bataille perdue d'avance de la mère parfaite dans laquelle Ludmila-je-sais-tout-faire-mieux-que-toi m'entraînait à chaque fois.

Ce samedi-là nous étions venus sans Zoïa exprès pour le repas, à l'invitation de Vassyl, et Ludmila s'était surpassée. Elle avait sorti le grand jeu pour impressionner *le Français*, qui s'en était plutôt bien tiré. Il avait fait honneur à nos hôtes. Il avait bu, mangé, s'était resservi de tout, c'est très bon, vraiment, un délice, en russe d'abord, puis en français. Je traduisais. Plus il mangeait, plus il parlait, plus je me sentais mal. Il avait l'air d'apprécier sa soirée. J'avais envie de vomir et j'avais été soulagée quand il s'était mis à somnoler, vaincu par l'alcool. Il avait fallu le secouer, Christian, ho, Christian, pour qu'il monte avec les autres admirer l'incendie.

Christian avait cinq ans de moins que nous seulement, mais c'était un gamin. Comme s'il avait grandi plus lentement, en prenant des chemins de traverse, en se permettant de revenir sur ses pas, ou simplement d'en faire quelques-uns de côté. À son âge Petro et moi étions déjà mariés, parents, adultes responsables et travailleurs appliqués. Alors que lui, vif, curieux, timide et à la fois audacieux comme le sont les enfants, semblait à peine sorti des jupes de sa mère. Blond comme Petro était brun, des hanches fines, des mains de femme. Une bouche à confiture. Christian était libre, il venait d'ailleurs. Il m'avait séduite à force de sourires et de baisers sur la commissure des lèvres si légers que je pouvais les avoir rêvés seulement. Un papillon. J'avais épousé Petro pour sa force et voilà qu'un adolescent mal grandi me chavirait le cœur. J'avais besoin de sa différence. J'aurais voulu me l'attacher.

J'ai jeté un coup d'œil vers la banquette arrière. Il dormait sur le dos, bouche ouverte, le bras droit en travers du corps, le gauche ballant dans l'espace entre les sièges. Même ainsi, il me plaisait. Entre le pull et le jean, j'apercevais un peu de peau mise à nu, lisse, serrée, imberbe, l'os saillant de la hanche, la pente douce vers le pubis, je me suis forcée à tourner la tête.

Petro conduisait, absent.

La forêt glissait à portée de main, de part et d'autre de la voiture, et se trouait parfois de champs dont la nuit avalait les bords. La *transparence*. Que devient la transparence, la nuit ? Je repensais au dîner. Quand pour finir Ludmila, du haut de l'escalier, avait traité Daria de traître, cette dernière avait répondu du tac au tac qu'on n'était plus au temps des purges, heureusement, mais que pour ce qui était de la *transparence*, le Parti avait encore beaucoup à apprendre. Puis elle était rentrée chez elle en claquant la porte, et je n'avais plus rien entendu pendant un moment, jusqu'à ce que les autres descendent. Alors que nous rassemblions nos affaires, Ludmila avait soudain dit tout haut, mais il y avait tout lieu de croire qu'elle se parlait à elle-même, est-ce que je suis une mauvaise mère parce que j'attends qu'on me dise quoi faire ? Vassyl avait baissé les yeux. Marina dormait sur le tapis, dans un coin de la pièce. On avait eu du mal à réveiller Christian qui s'était laissé tomber sur une chaise. Il avait d'abord cru qu'on lui proposait encore à boire, avait marmonné en français, sans ouvrir les yeux, non merci. Ça avait remis tout le monde en train. En nous raccompagnant au bas de l'immeuble, Vassyl s'était exclamé qu'il n'arriverait rien à l'homme russe tant qu'il aurait assez de vodka pour s'y noyer, radiations ou pas, et il nous avait donné deux bouteilles pour la route.

Que devient la transparence, la nuit ?

J'ai cru apercevoir soudain, au bord noir d'un des champs, un grand nombre d'autobus arrêtés les uns derrière les autres. Plusieurs rangs de vieil orange sur fond sombre. Entre deux rectangles de tôle, la lumière sournoise d'un brasero donnait à l'ensemble l'allure d'un bivouac. Il y avait, dans ces véhicules arrêtés nulle part que je fus seule à voir, une sauvagerie inouïe. Dans le silence de la voiture, il me sembla entendre hennir, et le galop serré des poneys mongols. Me revint en mémoire l'histoire de Batu, petit-fils de Gengis Khan, et comme lui homme redoutable. *En l'année 6745 Batu le sans Dieu entra en Russie. Après cinq jours de siège, ses guerriers prirent Riazan et passèrent toutes les femmes au fil de l'épée.* La chronique précisait qu'*ils ne laissèrent pas âme qui vive : tous en ville étaient morts et la coupe vidée jusqu'à la lie.* Il était facile d'imaginer que la nuit qui précéda l'assaut ressemblait à celle-ci, comme elle tendue vers l'aube et le signal. Une nuit à sentinelles. Le même goût de sang peut-être, et de saumure (l'éclat du sel comme le couteau au bout de ma langue). Mais pour quel siège ici ces hommes rassemblés ? Au pied de quelle forteresse ? Contre quel ennemi invisible ? La *transparence.* Qu'importe la transparence à celui qui ne voit pas.

– Qu'est-ce qui s'est passé à la centrale ?

Petro haussa les épaules. J'étais bien contente que Zoïa, à qui nous n'avions pas voulu imposer un aller-retour

Kiev-Prypiat pour une simple soirée, soit restée chez ses grands-parents. J'avais du mal à croire à ces autobus stationnés, du mal pourtant à les chasser de mon esprit. Les marais de Prypiat sont propices aux fantômes. Cinq cent mille soldats russes y furent encerclés par les Panzers allemands à l'été 1941. L'image improbable des véhicules concentrés en lisière de bois comme naguère les blindés m'est restée en tête jusqu'à Kiev. En entrant dans la ville, j'ai poussé un soupir de soulagement. Sauvée.

## Lucie

Un jour sauvé, un jour perdu, je l'ai entendu dire à ma mère qu'il n'en pouvait plus, qu'il voulait dormir. Elle l'avait rejoint dans leur chambre et avait fermé la porte. Elle répétait qu'il ne fallait pas s'en faire, qu'elle travaillait, elle, mon père gémissait, il ne supportait pas l'idée de ne rien ramener à la maison, si ça devait arriver… Elle lui coupait la parole, tu trouveras autre chose, tu passeras le concours pour l'arsenal. C'est pour les jeunes, râlait mon père, tu crois que c'est facile de reprendre des études ? Retourner à l'école ? Que vont penser les enfants ? Je t'accompagnerai à la cellule, proposait ma mère, et c'était une preuve d'amour et mon père le savait, parce que les visites à la cellule de reclassement personne n'aimait ça, des hommes et bien bâtis, des pères de famille, traités comme des gamins, comme des imprévoyants, et votre reconversion, vous y avez pensé ? Vous n'avez toujours pas de projet professionnel ? Cette cellule, aussi bien, c'était une cellule de fous. L'agent derrière le bureau ça lui faisait du boulot que tu perdes le tien, y'en a plus d'un qui de méfiant devenait agressif carrément. On entendait gueuler et les copains ouvraient la porte, viens par là, ho, ven aqui, et le gars derrière le bureau livide qui se lève et par la fenêtre regarde les quais inondés.

C'était treize heures et j'ai allumé la télé. Un panneau « Stop » vaguement bricolé retenait le nuage radioactif au-dessus de Monaco. Il ne passerait pas la frontière. J'ai su tout de suite. On aurait dit que le panneau avait été peint par les copains de mon père, à l'atelier tuyauterie. Ce stop était de la trempe des banderoles « La Navale Vivra », rien moins qu'un vœu pieux. Mon petit frère lui-même l'aurait compris. Heureusement il tapait dans son ballon sur la terrasse.

Il fallait se rendre à l'évidence, la fin du monde avait bien eu lieu.

On allait changer de calendrier.

On était en zéro.

Si je survivais, je serais née en -15 dans une partie du globe où la vie serait devenue impossible. Sur les planisphères à la place de l'Europe il y aurait du grisé, ou du blanc. On viendrait de là, mais on éviterait de le dire à nos enfants, parce que ce serait comme leur avouer qu'on est maudit. Il vaudrait mieux qu'ils croient qu'à cet endroit il n'y a jamais rien eu. Un peu comme on imagine aujourd'hui les pôles. Il était trop tard pour en parler à mon grand-père, qui aurait sans doute pu nous installer en Amérique, si nous nous y étions pris à temps. Il aurait trouvé pour chacun de nous un emploi chez Whirlpool.

Combien de temps restait-il ? Quitte à vivre nos dernières heures, je trouvais bien qu'on soit ensemble, tous les quatre. Je suis allée chercher mon frère et je lui ai proposé de jouer aux Lego. Il a dit oui tout de suite.

Pendant que nous assemblions les briques miniatures de notre cabane forestière sur le socle vert sombre prévu à cet effet, j'ai pensé aux dimanches sans champignons. Un dimanche sans champignons, c'était aussi un dimanche sans Mercedes. Après le repas (chez mes grands-parents on mangeait des oiseaux), on allumait la télé pour regarder *Starsky et Hutch* et on ne l'éteignait plus. C'était long et ça sentait le jus délicieux des petits oiseaux même à l'heure du goûter. Tandis que les jours à champignons, sitôt croqués les volatiles, on montait dans les Mercedes pour aller au bois. Mon grand-père pour le loisir ne roulait qu'en Mercedes. Il avait aussi une Jeep, une vraie Jeep du débarquement avec une étoile sur le capot et d'un kaki tout militaire, mais il ne la sortait jamais du garage, d'ailleurs ma grand-mère ne serait jamais montée dedans, et pour le bois, il fallait le reconnaître, difficile de faire mieux que les Mercedes. On s'y serrait à six ou sept, il y avait cet accoudoir au milieu de la banquette arrière qui me ravissait mais qu'on escamotait pour tenir tous de rang, ma tante et ma cousine malgré ça poussaient des cris aigus quand on claquait les portières, j'adorais ça, leurs voix aiguës de femmes, moi je ne criais pas. Mon grand-père conduisait la Mercedes bleu pâle plus ronde et plus récente que la blanche dont il avait fait cadeau à mon oncle, une merveille aux ailes pointues comme les ailes rôties des petits oiseaux, intérieur en cuir rouge. Et dans le bois toutes les deux, au bord sous les premiers chênes, elles ressemblaient à des carrosses. Leurs chromes, l'étoile sur les capots. Au retour c'était mieux encore, après les taillis, aligner dans les coffres immenses les paniers plats couverts de champignons, se partager le butin. La Mercedes, qu'on se le dise, est une voiture de grands chemins.

Avec les Mercedes on allait aussi aux Saintes-Maries, au mois de juin, pour la fête votive. On retrouvait là-bas des cousines de ma grand-mère qui tenaient à Arles un genre de bordel et n'avaient pas peur de se faire remarquer. Mon grand-père était aux anges. Il mettait une chemise à carreaux, son chapeau de cow-boy et un cordon en cuir autour du cou. Sur le volant sa chevalière en or brillait beaucoup. Il descendait tout sourire de la Mercedes et m'emmenait voir les chevaux. Il s'arrangeait aussi pour que ces dames crient un peu quand on lâchait les vachettes.

C'était dur de renoncer aux sorties en Mercedes. Quand on éteignait la télé les jours sans, après l'avoir regardée tout le jour, ça faisait un silence épais. Un silence pas très américain dont je pensais qu'il me guettait moi, car mon adolescence était comme une pièce vide que les figurants même les plus bruyants ne suffisaient pas à meubler, alors qu'il guettait mon grand-père, mon grand-père qui devait sentir que quelque chose ne tournait pas rond et ne s'écartait pas tout de suite du poste qu'il venait d'éteindre, écoutant au loin avec l'air de celui qui cherche ce qu'il fait là. Je lui ai souvent revu cet air-là, plus tard. Je ne pouvais pas deviner qu'il nous donnait à entendre, le doigt encore appuyé sur le bouton « arrêt » du téléviseur, *son* silence, celui qui l'abîmerait. Pour rire il disait parfois, l'oreille collée à l'écran redevenu noir, plus indien que cow-boy, y'a quelqu'un ?

## Ludmila

À un moment un homme a demandé à travers la porte, entre deux coups de poing, s'il y avait quelqu'un. J'ai sursauté, recouvré d'un coup mes esprits. Police ! a insisté l'homme. Je baigne la petite, j'ai répondu, sans bouger du fauteuil de Vassyl dans lequel je m'étais endormie, qu'est-ce qui se passe ? Nous avons ordre d'évacuer la ville, il a dit, soyez en bas de l'immeuble à quatorze heures, avec un sac pour deux jours. Mais ? Et mon mari qui est au travail ? Des mesures ont été prises, il y aura des bus aussi pour les travailleurs et les travailleuses (tout le monde devait lui poser la même question). Je l'ai entendu monter l'escalier et cogner à la porte d'Olga, mais Dimitri et elle étaient absents, rien n'a bougé dans leur appartement. Il a insisté un peu, poussé un juron, et continué sa tournée.

Il avait dû frapper chez Daria Ivanovna pendant que je dormais. Est-ce que Daria aussi était partie ? Et quelle heure était-il ? L'horloge au-dessus du petit meuble où je rangeais mon service à thé indiquait onze heures. Daria devait être partie depuis deux heures au moins. Mais si ce n'était pas le cas ? Elle accepterait sûrement de prendre Marina avec elle. Je pourrais préparer un sac ou deux et essayer de rejoindre Vassyl… Je suis sortie sur le palier, me suis approchée de la porte de Daria mais quelque chose, le silence peut-être, ou l'orgueil, m'a retenue. Je suis rentrée chez moi et j'ai tenté d'appeler Vassyl au travail. Personne n'a répondu.

Il était onze heures, dans la rue résonnait l'annonce de l'évacuation provisoire, j'ai commencé à faire le sac et Marina qui s'était levée a demandé, on va chez grand-mère ? Je me suis dit que je ferais bien de prendre nos papiers, si nous devions nous faire enregistrer quelque part, j'ai répondu à Marina qu'on partait en voyage et j'ai pris aussi la moitié de nos économies, au cas où. Et papa ? a demandé Marina. Elle a bu un peu de lait avec une cuillère de confiture. Je l'ai habillée et nous avons préparé un sac pour elle. Elle voulait prendre toutes ses poupées. Deux jours, deux poupées, j'ai dit. Elle n'a pas bougé. Choisis-en deux, les autres nous attendront ici. Je ne pouvais pas savoir.

De nouveau, j'ai essayé de joindre Vassyl par téléphone. L'évacuation tombait mal, avec tout ce qui restait à manger de la veille. J'ai mis de côté ce qui pouvait tenir deux ou trois jours et posé sur la table ce qui devait être consommé tout de suite. J'ai fait réchauffer le bortsch. Puis songé une nouvelle fois à aller voir si Daria Ivanovna était vraiment partie, elle aurait pu m'aider à manger tout ça. Dans mon sac, j'ai trouvé encore de la place pour deux petits paquets de pirojki, à la viande et au chou. Ç'aurait été dommage qu'ils se perdent.

J'ai fermé l'appartement à treize heures. Je n'en pouvais plus d'attendre à l'intérieur. Devant l'immeuble, et devant les immeubles voisins, des grappes de gens stationnaient déjà. Les femmes et les enfants rassemblés autour des valises, les hommes par petits groupes, parlant à voix basse, attendant qu'on se mette en branle. On aurait dit un enterrement. Un peu plus loin sur le trottoir, les responsables de l'évacuation organisaient le convoi.

Le nombre de cars rangés les uns derrière les autres était impressionnant. On n'en voyait pas la fin. Dans la file des véhicules garés sur l'avenue, il y avait aussi quelques voitures personnelles dont l'usage avait été finalement autorisé pour que l'évacuation soit plus rapide, et j'ai reconnu dans l'une d'elles un opérateur qui travaillait dans l'équipe de Vassyl. Je me suis précipitée vers lui. Il m'a expliqué d'un air gêné qu'il n'avait pas pu aller au travail ce matin, car sa femme s'était sentie mal (elle était assise sur le siège passager et se tordait les mains). Il n'avait pas de nouvelles des autres. Il a ajouté qu'ils allaient à Kiev, nous pouvions nous joindre à eux, si nous voulions.

Pendant le trajet, nous sommes restés silencieux. Il n'y avait rien à dire. Même pas merci, et nous le savions tous, le conducteur de la voiture raide de honte, remâchant toutes les bonnes raisons qui lui faisaient quitter Prypiat et se répétant qu'à Vassyl il pourrait toujours dire, quand tout ce cirque serait terminé, qu'il avait pris soin de sa famille, sa femme, jeune encore et sans enfant, qui l'avait supplié de ne pas y aller, parce qu'à un homme il faut un enfant, sinon il n'a pas d'avenir, moi enfin, serrant dans mes bras Marina poings faits, de tout petits poings de cinq ans.

Chez la cousine qui nous a accueillies ce soir-là, nous nous sommes douchées ensemble, mère et fille, longuement. En ouvrant les sacs après la douche, j'ai retrouvé les pirojki que j'avais emballés le matin même, et c'était comme si je l'avais fait dans une autre vie.

Lucie

J'ai une autre idée, a dit mon petit frère. Au lieu d'une cabane, on peut faire un abri antiatomique en béton armé. Il proposait de doubler tous les murs de briquettes six picots, de boucher les fenêtres, de renforcer le toit, et au final de construire à part une sorte de coffrage amovible dans lequel se logerait en cas d'alerte la cellule qu'était devenue notre jolie maison forestière. Ma mère est passée, ah vous jouez c'est bien, ne faites pas de bruit, papa s'est endormi, j'ai pensé voilà ce qu'il faut, tenir jusqu'à ce soir, avec un peu de chance le nuage frappera dans la nuit, on ne se rendra compte de rien. J'ai essayé de me souvenir d'une préparation à base de fenouil dont les cousines d'Arles, celles du bordel, avaient le secret et qui faisait dormir, les cousines d'Arles adoraient le fenouil, elles le mettaient à toutes les sauces pour soigner toutes sortes de maux et à force de décoctions, infusions, inhalations elles en étaient comme parfumées, de la bouche et des aisselles elles sentaient l'anis. Si ça se trouve quand le nuage passerait sur Arles il les surprendrait la tête sous une serviette en pleine fumigation et elles seraient les seules à avoir la vie sauve, fenouil contre césium, nous dans l'inhalateur on met plutôt du thym, ma mère ne supporte pas l'odeur du fenouil, ça lui donne la migraine.

J'en étais là de mes réflexions et mon petit frère venait de terminer le coffrage antiatomique quand ma copine

Gloria est arrivée. Qu'est-ce que tu fous ? elle m'a lancé en pointant légèrement le menton vers le blockhaus multicolore que je m'escrimais à enchâsser dans la structure en forme de U renversé censée le protéger des effets d'une catastrophe nucléaire.

– Je peux pas sortir. Je dois m'occuper de mon frère.

– Mais ta mère ?

Gloria évidemment avait salué ma mère, qui l'aimait beaucoup. Gloria savait se faire aimer des gens. Elle pétillait. Elle avait des yeux très noirs, une bouche très rouge, et des fossettes. Quand elle souriait, disait mon père, elle rayonnait. Son visage s'éclairait et ses cheveux par contraste, un peu crépus, bien sombres, faisaient briller la joie qu'elle avait de vous voir d'une manière qui vous réchauffait le cœur. Mais qu'elle tourne la tête vers un qu'elle n'avait pas à séduire, moi disons, dont elle savait que je pouvais sortir, si je voulais, puisque ma mère était là, et le masque était tout différent. La Gloria solaire était soufflée d'un coup par une autre Gloria dure, et fermée, et froide. Un caillou. J'étais habituée à ces changements subits, ces accidents d'éclairage. Gloria soleil pour les autres et caillou pour elle et moi.

J'étais trop jeune pour le lui dire, mais il y a des choses en quoi l'on aime être trompé : j'aurais voulu qu'elle fasse semblant, avec moi aussi, d'être la chic fille dont elle avait l'air chaque fois qu'il y avait du monde. Quand Gloria débarquait chez moi tout sourire, je viens chercher Lucie, j'avais envie d'y croire, mais à chaque fois je me faisais cueillir, à un moment ou à un autre de l'après-midi, par le mépris que je lisais sur son visage (son beau visage, et de corps, c'était comme si elle n'en avait pas, je le tenais entre mes bras pourtant, toutes les deux sur la mobylette, mais tellement couvert et camouflé qu'on ne pouvait, lui, l'envisager – à croire, je pose ici la question, que le corps ne sachant mentir, il valait mieux le corseter).

J'avais quinze ans mais je savais déjà ce qui déclenchait le mépris de Gloria : elle faisait partie de ces gens qui ne supportent pas que vous ne soyez pas où ils vous attendent. Je devais faire ce qu'elle avait prévu que je fasse, réagir comme elle l'entendait, choisir ce qu'elle avait choisi pour moi, avant moi et une fois pour toutes. Gloria était un tyran. Je sentais confusément qu'elle avait très peur de se mépriser elle-même, et s'en tenait à ce qu'elle avait une fois jugé bon.

Gloria n'aurait évidemment pas joué aux Lego avec son petit frère, si elle en avait eu un.

J'aurais pu lui expliquer que c'était un cas de force majeure, que la fin du monde avait eu lieu, mais je savais que ça ne servirait à rien. Gloria a menacé, c'est pas en faisant la gamine que tu sortiras avec Fred, mais je ne l'ai pas écoutée. Gloria c'était son truc, la bande et la murette, les palabres, ça lui permettait d'échafauder des plans que jamais rien ne venait contrarier, vu l'inertie ambiante. Je pressentais que ma vie amoureuse serait bien plus palpitante sans Gloria dans les parages. J'avais des vues sur un groupe de gars beaucoup plus vivants qui faisaient l'école des chantiers et allaient à la plage, ce qui était inconcevable pour mon amie toute de tête (ça, et qu'ils n'aient pas la voiture).

J'ai dit laisse tomber j'y vais pas. Elle a décoché un sourire radieux à ma mère qui nous proposait de goûter, et elle est partie. Pendant que mon frère était à la cuisine, j'ai essayé de téléphoner aux cousines d'Arles, mais ça sonnait dans le vide. Elles devaient être en salle. On ne chômait pas là-bas les jours fériés.

## Ludmila

À Kiev, la cousine Anja était bien informée. Elle était pigiste pour la télévision. Elle savait, alors qu'aucun communiqué officiel n'était encore publié, qu'il s'était produit à Tchernobyl quelque chose de bien plus grave qu'une simple panne due à l'incendie dont nous avions à Prypiat admiré la formidable lueur. Elle écoutait les radios clandestines. Dès le lundi, sur les ondes de *Voice of America*, j'ai entendu pour la première fois l'expression « accident nucléaire majeur » à propos de ce qui s'était passé à la centrale. Personne ne savait vraiment ce que ces mots voulaient dire. On avait maintenu autour de nous le decorum habituel. J'apprenais d'un coup, par une voix étrangère, que nous étions à J+2. Au cœur du chaos, on nous répétait que tout était sous contrôle.

Je n'avais qu'une idée, retrouver Vassyl, lui apporter des vêtements propres, un vrai repas. Le soutenir, lui et ses camarades qui étaient en première ligne. Anja s'est renseignée. Je l'imaginais se démenant pour réparer, remettre en ordre. Il avait été hospitalisé, d'abord à Prypiat, puis à Moscou, à l'hôpital n° 6.

C'était ça, le plus dur, le temps qu'on nous volait en ne nous disant rien.

Le 30, j'étais à Moscou. C'était la première fois depuis notre mariage que j'y retournais seule. J'avais averti mes parents et ils m'attendaient à la gare. Je leur ai confié Marina. J'ai filé à l'hôpital.

On les avait déjà séparés, un par chambre. Ils portaient tous le même pyjama.

Ne m'approche pas, a dit d'abord Vassyl. Mais j'ai haussé les épaules et je l'ai embrassé. Je lui ai donné le baiser suspendu entre nous depuis quatre jours, depuis ce dernier matin de Prypiat. Encore aujourd'hui, ce baiser me rend heureuse. Je me suis allongée à côté de lui sur le lit. Il ne pouvait rien nous arriver. Nous étions jeunes, et amoureux. Nous vivions dans le plus grand pays du monde, le pays qui avait envoyé un homme dans l'espace et, plus incroyable encore, l'en avait ramené, dans une ville créée spécialement pour nous, bien plus agréable que la plupart des autres villes d'Ukraine, et de Russie même, une ville avec des roses plantées dans les squares, les jardins publics, le long des avenues et sur les terre-pleins. Nous ne manquions de rien. On disait qu'à Prypiat les assiettes étaient mieux remplies, et de produits de meilleure qualité, que partout ailleurs dans l'Union. Nous avions un bon niveau d'instruction, aimions la poésie, le sport, nous sortions au théâtre. Nous avions un travail que nous appréciions, un appartement qu'admiraient les hôtes de passage, une place en crèche pour notre enfant. Nous étions l'avenir de la nation. Nous avions des souvenirs, nous faisions des projets. Chaque jour était un pas vers une vie meilleure. Peut-être que tout n'était pas parfait, mais les choses avaient un sens. Surtout à Prypiat, ville modèle pour citoyens modèles, îlot de roses dans la mer instable de la perestroïka. Nous vivions un conte de fées. Pouvait-on trouver, à d'autres endroits du monde, autant de lactaires délicieux, de bolets, de chanterelles, de cèpes et de russules ?

Vassyl m'écoutait en souriant. Je n'ai pas parlé de ce que j'avais découvert les jours précédents. Me suis tenue, moi aussi, à la version officielle. Et ma voix était d'autant plus assurée qu'il fallait étouffer la rumeur intérieure, celle qui disait que nous tenions nos vies de l'atome et qu'il était peut-être normal que l'atome nous les demande en retour, un jour ou l'autre. Même si personne ne nous avait prévenus. Même si nous n'avions pas lu le dernier alinéa, au dernier avenant du contrat. L'aurions-nous lu, nous aurions signé de toute façon, comme Faust le pacte proposé par le diable, parce que ce qui est pris n'est plus à prendre, et qu'à Prypiat la vie était tentante.

Je n'ai pas demandé à Vassyl à quoi ressemblait le diable. Il l'avait pourtant vu de près.

Il m'a raconté quelques jours plus tard que ce matin-là, le matin du dimanche, le ciel était rouge encore de l'incendie. Que c'était comme s'il fonçait à mobylette droit dans la gueule cramoisie du diable. Il s'y jetait la tête la première. La centrale, qui d'habitude ne fumait pas, ressemblait à une usine, ou même, dans la lumière de l'aube, à un fourneau, une énorme forge. À un moment, se précipitant avec constance vers le feu, les bras écartés sur le guidon et le poignet cassé sur la poignée des gaz, il avait cru qu'il dormait. Il était évidemment dans notre lit, c'était un cauchemar et il suffisait de se réveiller. Mais il avait beau ouvrir les yeux, les fermer, les rouvrir en grand, le rouge continuait à se répandre et déborder sur lui. Il s'était arrêté sur le bas-côté. Le feu énorme droit devant ne faisait aucun bruit. La campagne autour ne faisait aucun bruit. Une biche avait surgi à quelques mètres, s'était immobilisée, l'avait regardé comme regardent les bêtes. Il avait cligné des yeux. Elle était partie. Le silence faisait rage. La gueule au bout de la route aspirait tout.

À la centrale, tous les services étaient en état d'alerte. Il y avait eu deux explosions pendant les tests de sécurité qui étaient prévus dans la nuit de vendredi à samedi sur le groupe des turbines. La 4e tranche brûlait depuis trente-six heures. Les pompiers avaient d'abord essayé d'inonder la zone, sans résultat. Leurs efforts se concentraient maintenant sur l'incendie de la salle des machines, dont les générateurs contenaient suffisamment d'huile et d'hydrogène pour faire exploser aussi la 3e tranche. Vassyl ne comprenait pas, où étaient les autres, est-ce que la 3e tranche fonctionnait toujours ? En guise de réponse, un opérateur couvert de poussière lui avait tendu un dosimètre.

Le jour s'était levé. La fumée qui montait au-dessus de ce qui avait été le réacteur 4 formait maintenant une colonne blanche de plusieurs centaines de mètres dont il savait qu'elle provenait de la combustion du graphite et qu'elle était hautement radioactive. Autour du cratère, au sol et sur le toit de la salle des machines, des blocs de graphite jonchaient le sol. Comment était-ce possible ? Où était passée la dalle qui scellait le réacteur ? L'explosion avait dû être gigantesque. Il avait pensé à Marina et moi endormies. Daria Ivanovna avait raison. C'était bien plus qu'un banal incendie. Le dosimètre craquait. Vassyl avait écouté fasciné le bruit de la catastrophe, l'avait trouvé presque rassurant. Le diable était bien là. Il stridulait dans le boîtier et l'aiguille affolée se cognait au bord du cadran comme un papillon de nuit à une fenêtre éclairée. Un soldat qui revenait en courant du bâtiment en ruines lui avait demandé ce qu'il foutait là. Vassyl s'était arraché au spectacle de l'aiguille démente et s'était replié vers la maintenance. Dans les couloirs du bâtiment, des hommes somnolaient les uns sur les autres, en blouse blanche. Ils ressemblaient à des cadavres déversés en vrac d'un tombereau. C'était la guerre, et l'ennemi était titanesque.

Les lignes téléphoniques étaient coupées. Un ingénieur nucléaire qu'il connaissait un peu, assez haut placé dans le Parti, l'avait rassuré. Les médecins arrivés de Moscou s'étaient prononcés pour une évacuation obligatoire de Prypiat. Tout était sous contrôle. Je jure que Vassyl était un bon communiste, il avait obtenu une bourse pour faire des études d'ingénieur et avait été embauché à Tchernobyl à sa sortie de l'Institut polytechnique. Il était reconnaissant au système d'être arrivé jusque-là. Mais, pour la deuxième fois en moins de douze heures, il avait douté. Nous aurions dû écouter Daria Ivanovna. Il avait d'abord choisi d'ignorer le battement affolé du sang dans sa poitrine. Mais de nouveau cette palpitation, jusque dans la pulpe de ses doigts. Il fallait qu'il rentre rejoindre les siens. L'ingénieur nucléaire l'avait arrêté, où tu vas ? On a besoin de bras pour les sacs de sable. Dans son trouble, Vassyl avait cru que l'autre parlait des employés de la centrale couchés derrière la porte, il avait répété essoufflé, un écho pitoyable, les sacs de sable ? L'ingénieur lui avait résumé l'affaire, assez satisfait somme toute de pouvoir reprendre à son compte le topo des physiciens de la commission gouvernementale : les premiers survols par hélicoptère de la 4e tranche avaient établi que le réacteur 4 était entièrement détruit, que la dalle qui scellait le bloc était désormais à la verticale et que la salle n'était que ruines, sans parler des morceaux de graphite que l'explosion avait dispersés partout. Il y avait deux mille cinq cent tonnes de graphite entreposées dans la 4e tranche, qui en deux cent quarante heures auraient répandu dans l'atmosphère suffisamment de radionucléides pour empoisonner de grandes portions du territoire. Combler le cratère, étouffer le feu, l'urgence était là. Mais les taux de radiation étaient si élevés qu'on ne pourrait y parvenir qu'en utilisant la voie aérienne, et en survolant la gueule à une altitude de deux cents mètres au moins. Une haleine sacrément fétide, plaisantait l'ingénieur, hein ? Mais n'aie pas peur, ce sont les pilotes d'élite du général Antochkine qui vont faire les rotations, ils sont rentrés exprès d'Afghanistan, toi et moi on sera au sol, à préparer les sacs, de vrais planqués ! Les hommes manquaient. Ingénieurs ou pas, c'est une pelle entre les mains qu'ils pouvaient se rendre utiles.

Ils avaient été conduits en camion jusqu'au point de chargement et avaient pelleté jusqu'à tomber. Durant les vingt-quatre heures suivantes, des dizaines de tonnes de sable et de bore avaient été larguées dans le cratère. On attendait la relève, ce premier jour elle ne vint pas. Les soldats étaient obligés, après chaque passage au-dessus du volcan, d'aider au remplissage.

On disait que soixante-dix techniciens avaient déserté. « Déserté » était le mot qui convenait, car ils étaient soumis à la loi martiale. Mais Vassyl n'avait plus envie de partir. Sa famille avait dû être évacuée. Sa place était ici. Il fallait faire ce qu'il y avait à faire. Comme était mon Vassyl, courageux, loyal envers ses camarades et envers le Parti, à qui il attribuait sa réussite, il était évident qu'il irait jusqu'au bout.

Les pompiers qui avaient sauvé le bloc 3 dans la nuit venaient d'être évacués pour l'hôpital n° 6 à Moscou. Ils brillaient. C'est-à-dire qu'ils avaient été irradiés au point de devenir eux-mêmes des objets radioactifs. C'étaient des héros.

Le lendemain, Vassyl s'était porté volontaire pour les travaux d'isolation des blocs 3 et 4. Après la douche, au vestiaire, il avait été pris de vomissements et, comme la veille quand le boîtier avait craqué entre ses mains, lui fournissant la preuve que le diable était tapi à proximité, il s'était senti presque soulagé. C'était fait. À Prypiat ils avaient diagnostiqué le mal des rayons, trop de poussière inhalée sans doute, et l'avaient envoyé à son tour à Moscou, à l'hôpital des héros.

Quand je lui ai demandé pourquoi il avait fait du zèle, il m'a répondu que ce n'était pas du zèle, mais le sentiment du devoir à accomplir, la conviction d'être à sa place, l'évidence – qui fait l'homme – d'être plus que soi, la main et le cœur de millions d'autres. Dans son délire, il n'était pas loin de se considérer comme un privilégié : qui a dit que c'est au moment de donner sa vie que l'homme fait la preuve de ce qu'il est ?

Les infirmières m'ont expliqué qu'il avait une quinzaine de jours devant lui. J'ai décidé de ne pas les croire, et que nous étions tous deux en villégiature dans une station climatique, en établissement de cure, pour un séjour dont nous nous rappellerions l'exotisme une fois rentrés à la maison.

Nous avons eu, d'ailleurs, notre 1er-Mai sur la place Rouge, ou presque. *Bonne fête, camarades !* Aucun des membres du politburo ne fit allusion à Tchernobyl. On dansa au pied du mausolée de Lénine et dans tout le pays.

## Ioulia

À Kiev, aussi. Pas de panique à seulement cent trente kilomètres de la centrale. Drapeaux rouges et costumes traditionnels en ce jour de Fête du travail. Zoïa avait insisté pour assister au défilé. Petro l'avait hissée sur ses épaules, à huit ans elle n'était pas bien grosse, et ils souriaient tous deux aux danseuses fardées, à leurs cavaliers en fuseau, aux gens autour d'eux. Cérémonie de l'universel sourire. Comme à Prypiat. Je ne suis pas une bonne communiste, j'ai pensé. Est-ce que ça datait de ma liaison avec Christian ou bien est-ce que c'était déjà le cas avant ? Le *nous* soviétique m'indisposait. Je voulais vivre ma propre vie.

Deux jours que Christian était parti. Je pensais sans cesse à notre dernier rendez-vous, sur l'île de Trukanov. J'avais voulu m'asseoir sur le sable, en souvenir de la première fois, et il m'avait suivie, mais il se tenait comme s'il avait peur de se salir, d'abord sur les fesses jambes en lambda, pieds bien à plat l'un contre l'autre, ensuite accroupi carrément, en appui sur la pointe de ses souliers. Il discourait sans me regarder. La télévision française avait parlé de Tchernobyl. Accident majeur. Cœur du réacteur n° 4. Fusion, incendie du graphite.

De temps à autre pour s'équilibrer il devait poser la main devant lui, cinq bouts de doigt qu'il retirait vite et frottait sur son jean tout en soliloquant pour se débarrasser du sable. Les États nordiques, vers lesquels le vent poussait les fumées de la centrale, enregistraient des taux de radioactivité dix fois supérieurs à la moyenne. Le gouvernement russe avait demandé l'aide de techniciens suédois et allemands.

Comme je ne réagissais pas, il avait ajouté qu'il avait des amis d'amis, journalistes, à qui on avait interdit de séjourner à Kiev, et que la ville était fermée aux diplomates étrangers. Il partait demain, avec les quatre autres étudiants français.

Je n'avais entendu que ça. Il partait. J'étais sidérée. Non par la différence entre la verve des journaux télévisés occidentaux et le silence des soviétiques, mais par la réaction de Christian. Dans ma logique de femme amoureuse, la catastrophe, si catastrophe il y avait, aurait dû le précipiter vers moi, nous aurions dû nous étreindre comme des forcenés, nous enfermer dans sa chambre et faire l'amour jusqu'à ce que mort s'ensuive ou nous prendre là, sur la plage, puisqu'on était ensemble pour la dernière fois et qu'il n'y avait plus rien qui vaille qu'on s'empêche de baiser. Au lieu de quoi il m'annonçait son départ. Rappelé en France. Aussi bizarre que cela puisse paraître, je ne croyais pas à son histoire. Je ne croyais pas à son histoire de catastrophe parce qu'il ne me baisait pas.

Je ne me suis pas dit une seconde que peut-être, à ce moment-là de notre relation, il ne m'aimait pas assez.

Nous avions retraversé le Dniepr. Rien n'avait changé de ce côté-ci du fleuve. Dans la rue personne ne fuyait vers le sud, ou en Crimée. Chacun vaquait à ses occupations quotidiennes. Christian disait qu'à Prypiat, et dans les villages alentour, on faisait monter les gens dans les bus orange que j'avais vus l'autre nuit. Ici il ne se passait rien. L'heure tournait normalement, la journée passait comme il était prévu qu'elle passe, avec ou sans bus, avec ou sans journalistes accrédités, avec ou sans diplomates étrangers dans le quartier des ministères. Si dans les rues tout semblait faux, et le soleil lui-même un peu trop blanc, c'était parce que Christian me quittait.

Depuis, rien ne comptait vraiment. À la bibliothèque mon chef s'inquiétait, deux retards coup sur coup, Ioulia, qu'est-ce qui vous arrive ? Ne me faites pas regretter l'appui que j'ai apporté à votre candidature de responsable du fonds français. Je ne parvenais pas à avoir l'air contrit, ni à me dépêcher. Je me traînais dans les rayons du magasin avec à la main les fiches de prêt remplies par les étudiants, perdue entre les étagères, relisant plusieurs fois le nom des auteurs et le titre des ouvrages demandés sans parvenir à les mémoriser. J'écoutais mes collègues discuter à la pause des préparatifs de la Fête sans me sentir du tout concernée.

Un communiqué officiel, à la télévision, avait confirmé l'accident. Il s'était bien passé quelque chose à la centrale Vladimir Ilitch Lénine. On annonçait deux morts et des mesures d'évacuation de la population, et alors ?

Tout était pareil. Une zone de sécurité avait été délimitée autour de la centrale mais Kiev était épargnée.

Pas d'images. Pas de reportages. Pas de témoignages. Les télévisions occidentales en étaient pour leurs frais.

La vie continuait normalement à Kiev.

Dans la bouche du présentateur, c'était un ordre.

La vie continuait officiellement à Kiev.

D'ailleurs on défilait dans les rues. *Bonne fête, camarades !* C'était une belle journée. Les femmes portaient des couronnes de fleurs. Les enfants agitaient de petits drapeaux. On faisait son devoir et semblant de ne pas remarquer que la fillette du premier secrétaire du comité du Parti était en imperméable. Il n'y avait pas un nuage à l'horizon, on avait vérifié. On regardait vaguement inquiet les bras nus de notre propre enfant. On jetait un œil sur ceux des voisins. On se rassurait. Pour un peu on s'en serait voulu d'avoir pensé à mal. On était du côté de Ludmila, finalement, contre Daria Ivanovna la gâcheuse de soirée : on n'allait pas se faire remarquer, on craignait le soupçon de différence plus que tout au monde. La foule permettait d'être ensemble, encore, toujours, ensemble, ne pas se laisser isoler, la bête isolée n'a aucune chance de survie, la survie est dans le groupe, le groupe fait dire à Ioulia qu'il faut être folle pour vouloir dire *je*. À un moment pareil ! *Je ne suis pas sûre que ce soit une bonne idée que les enfants assistent au défilé, cette année.* J'étais donc folle ? Tout le monde chantait. Pourquoi est-ce que je ne chantais pas avec les autres ? Alors je chantai. Je chantai avec les loups.

Le soir on a regardé à la télévision les images de la journée. On voulait se voir. Ce serait bon de se voir, au milieu des autres. Finalement Petro a cru reconnaître un bout de Zoïa, mais ç'aurait pu tout aussi bien être une autre petite fille blonde.

C'est peut-être à ce moment précis, quand j'ai revu à l'écran l'imperméable de l'enfant sur l'estrade et le bras nu de la pseudo Zoïa, nu de la première phalange à l'épaule où passait la bretelle dentelée jaune du débardeur qu'elle avait voulu mettre ce jour-là, c'est à ce moment précis que j'ai décidé de parler avec Petro de ce qui m'occupait, de mon Tchernobyl à moi.

Lucie

Ma conviction à moi, c'était qu'ils nous refilaient des images de l'année dernière. J'avais déjà vu ces plans larges de la place Rouge, avec le mausolée de Lénine qui tenait à la fois de la base rebelle dans *Star Wars* et de l'opéra que le meilleur pâtissier d'Arles confectionnait chaque dimanche pour les cousines. Même les danseuses ukrainiennes me disaient quelque chose, avec leurs tresses blondes, leurs robes fleuries, leur maquillage de poupée. De la centrale nucléaire par contre on ne nous montrait rien, qu'une photo satellite indiquant qu'un deuxième réacteur pouvait être endommagé. Et une nouvelle carte météo de l'Europe dont il fallait conclure que tout dépendait des vents.

Il fallait craindre les « retours d'est ». Jamais entendu ça. J'aurais bien demandé à mon père ce qu'il en pensait, mais il était resté couché tout l'après-midi, ne s'était même pas levé pour Krasucki qu'il aimait bien pourtant, qui passait mal à la télé alors que c'était, pour lui qui l'avait rencontré à Paris, quelqu'un d'exceptionnel, vraiment au-dessus de la mêlée. Selon les journalistes, en France le 1er-Mai avait donné lieu à une faible mobilisation, le syndicalisme était en crise. Heureusement que mon père était couché, je l'entendais d'ici, c'est pas le syndicalisme qui est en crise, c'est l'industrie !

À l'évidence, si tous les travailleurs décidaient de rester au lit, ils seraient moins nombreux dans la rue. Mon père inaugurait peut-être une forme nouvelle de protestation que les gens de la télé étaient loin d'imaginer. Une forme radicale. D'un autre côté, si le nuage passait cette nuit, on se foutait pas mal du retour de la droite au pouvoir, des révoltes dans les prisons anglaises, de Jean-Louis Étienne approchant du pôle Nord. Pourquoi n'y avait-il pas de scènes de panique ? Est-ce que j'étais la seule à me retenir de crier dans la rue que c'était la fin du monde ?

J'ai éteint la télé et pris soin d'embrasser tout le monde. Mon père qui ne dormait pas et semblait, les yeux au plafond, regarder un film, ma mère qui repassait le linge qu'elle avait mis à sécher sur les radiateurs du salon, mon petit frère qui était en train de coucher les bonshommes Lego (il les mettait en tas dans un genre de sas au cœur de la cabane dont il scellait ensuite hermétiquement le toit). Une fois dans ma chambre, j'ai fait ce que je ne faisais jamais. Je me suis choisi des vêtements pour le lendemain. Des vêtements qui m'iraient aussi bien vivante que morte, qu'il suffirait le cas échéant de prendre sur le dossier de ma chaise pour me préparer comme il faut à mon dernier voyage. Puis je me suis allongée. Mais il m'a semblé finalement plus sûr de dormir habillée. Au matin il n'y aurait peut-être plus personne, ou trop peu de survivants pour prêter attention aux dernières volontés vestimentaires des intoxiqués. Je passai donc la nuit en jean délavé et veste Benetton verte, une veste que j'adorais et que j'avais rachetée à Gloria en cachette de mes parents (officiellement, elle me la prêtait souvent).

Je me rends compte, en y repensant, que j'étais morte de trouille. Je ne savais pas que la radioactivité tuait à petit feu. Je m'attendais à une mort foudroyante, une asphyxie, quelque chose comme un empoisonnement au monoxyde de carbone. Sauf qu'il ne servirait à rien d'ouvrir les fenêtres, de se traîner dehors. Je ne voulais pas voir ça. Je crois même que je fis une courte prière, ce qui ne m'était plus arrivé depuis la sixième, classe dans laquelle je m'étais liée d'amitié avec une fillette corse très croyante et très douce. J'avais appris avec elle le *Notre Père* et l'*Ave Maria* que j'avais consciencieusement récités le soir toute une année scolaire, je m'en souvenais encore un peu.

Le 2 je me suis réveillée. Mon père n'était pas parti au travail, mais il était vivant lui aussi, il m'a souri depuis son bord de lit. J'ai pris le petit déjeuner avec ma mère et mon petit frère. J'étais assez déçue. La fin du monde n'avait pas eu lieu. D'ailleurs Gloria est passée me prendre, comme chaque vendredi. Le vendredi nous avions les mêmes horaires. Après beaucoup d'hésitations, j'avais gardé mon habit de fin du monde. Un jour normal Gloria se serait doutée de quelque chose et m'aurait reniflée de près, mais elle avait une nouvelle ahurissante. Fred s'était suicidé. Elle me l'annonça tout en démarrant la mobylette et me raconta la suite sur le trajet, visage légèrement tourné vers moi, en faisant des gestes de la main gauche comme quand c'était important. Je lui faisais tout répéter deux fois parce qu'avec le bruit du moteur et le casque (elle ne mettait jamais de casque, ça aplatissait les cheveux, je n'avais pas ce problème), je n'entendais pas bien. L'histoire était la suivante : hier je n'avais rien loupé parce que Fred n'était pas au rendez-vous, il était en train de se pendre. Personne n'avait rien vu venir, personne ne comprenait pourquoi. Il n'avait rien laissé, pas un mot d'explication. Il avait vingt ans. De lui je connaissais son sourire, sa voiture, la marque de ses cigarettes. Une fois il m'avait parlé d'un gouffre dans lequel il était tombé petit. Toute la matinée, passant d'une classe à l'autre aux différents étages du lycée, je l'ai imaginé dans ce gouffre.

À midi je suis allée à pied chez mes grands-parents et j'avais moi-même l'impression de marcher sur l'envers du monde. Le silence y était terrible.

Le nuage, disait le journal, avait « effleuré » le Sud-Est. *Effleurer* avait dû être choisi pour sa douceur. Même à prononcer, n'est-ce pas, *effleurer* est caressant. Je m'y suis laissé prendre. La corde avait *effleuré* le cou mince de Fred et, comme il était de grande taille, ses pieds *effleuraient* le sol de la chambre où sa mère l'avait trouvé. Ce garçon était mort dans un souffle, très délicatement, c'était presque beau, une histoire qui finissait bien, pour ainsi dire : il s'était hissé hors du trou où il était tombé. J'aurais bien aimé y croire. La vérité, c'est que personne n'avait trouvé Fred à temps, on était tous passé sans la voir à côté de l'entrée du gouffre.

Tout le journal était un trompe-l'œil. *Effleurer* signifie « ôter les fleurs ». Plus de fleurs où le nuage passe. Alors ce sera ça, la fin du monde ? Des tiges et branches nues ? L'hiver toute l'année sur les amandiers ? Les serres abandonnées et l'embuissonnement des plaines horticoles ? J'ai pensé aux mimosas des forêts des Maures, dont en février l'odeur entre à plein nez jusque dans les voitures filant sur l'autoroute. J'ai pensé aux acacias et aux beignets sucrés que faisait ma grand-mère. J'ai pensé aux tilleuls qui parfument le troisième étage des immeubles de boulevard. J'ai pensé au genêt. Le genêt fou à fleurs ventrues, leurs appétissants replis de mollusque. Que prévoyait pour le genêt à fleurs ventrues le plan Orsec-Rad (pour *radiations*) du Service central de protection contre les rayonnements ionisants placé sous l'autorité du ministère de la Santé ?

Mon grand-père m'a ramenée au lycée en camion (les Mercedes ne sortaient que le dimanche). On appelait ce camion « le bleu ». C'était un Peugeot, rallongé, rehaussé pour le transport des meubles. Trois places à l'avant, levier de vitesse au sol à manier un peu comme une pagaie, à l'arrière un univers entier brinquebalant, courroies et cordes battantes, casiers à boulons, tiroirs à vis, caisse à outils arrimée lâchement, cartons et plaques de polystyrène érodés dont des bouts s'échappaient par les portières ouvertes, pas besoin de klaxonner dans les rues étroites, les piétons nous entendaient venir de loin, se retournaient pour voir, geignant, grinçant, les crochets à l'aplomb des sangles tapant fort la tôle, le bleu valdinguer lentement. À mon avis, ça valsait pareil dans le ventre de la baleine. Au volant rigolait mon grand-père, et le bout de ses doigts était de la même couleur que le tableau de bord, d'un joli noir irisé. La partie pilotage était recouverte de paillettes de fer, des compteurs aux papiers entassés sur le plat-bord, des sièges aux pare-soleil. Derrière, la poussière au toucher était moins homogène. La terre, le sable, les spores de diverses mousses s'ajoutaient à la limaille. Le fer dans le camion faisait comme le pollen des pins maritimes au printemps. Non pas jaune, mais gris, il saupoudrait hommes et choses d'une couche de cendre suffisamment épaisse pour garder longtemps la trace d'un bon de commande disparu ou d'une boîte de clous déplacée. Et il y avait l'odeur. L'odeur du fer m'a un peu calmée. L'odeur du métal me calme, même aujourd'hui. J'ai toujours des pièces de monnaie à triturer dans ma poche de droite pour l'avoir sur les doigts. (Dans la poche de gauche, je garde le noyau gros comme une noix d'une plante inconnue qui pousse chez ma voisine. Je l'ai ramassé dans son jardin au lendemain de la mort de sa fille. Le corps était là, à la maison, et je n'ai pas souhaité la voir, mais j'ai ramassé ce noyau sous la fenêtre, et je l'ai fourré dans ma poche. Au début il était doux, recouvert d'une fine peau jaunâtre. Puis la peau s'est détachée, petit bout par petit bout, et son relief s'est révélé extraordinairement accidenté. En quelques mois, il est devenu sec, et plus léger qu'un noyau, disons, de pêche. Mais quand je le fais tourner entre mes doigts, au fond de ma poche, j'entends que ça roule à l'intérieur. Je ne crois pas qu'il puisse évoluer davantage. Chaque fois que j'y porte les doigts, parfois volontairement, parfois par inadvertance, je pense à la mère et à la fille et pas seulement.)

Ce jour-là le fer m'a calmée mais je n'ai pas eu envie de retourner en cours. J'ai descendu la ruelle en haut de laquelle mon grand-père m'avait laissée, j'ai coupé par le marché, je me suis installée au bar que nous fréquentions alors sur le port, déterminée à embrasser à pleine bouche le premier garçon un peu décidé qui se présenterait. Il n'y avait pas grand-monde et ce fut le serveur. Grand, fin, les yeux faits, que le patron appelait Sam. Je l'embrassai avant même de commander quoi que ce soit, alors qu'il se penchait pour *effleurer* ma joue (j'étais une habituée). Il se laissa faire plutôt poliment, mais trouva à s'occuper dans l'arrière-salle pour le reste de l'après-midi. Moi j'étais installée en vitrine bien sûr, nous passions notre temps en ce temps-là à regarder la route au bord de laquelle nous attendions je ne sais quoi. De ma place je voyais le mur des chantiers. Mon père y travaillait, et avant lui son père, que je n'ai pas connu. Mais depuis la veille mon père était couché, il n'avait pas pointé, je séchais les maths, et lui l'atelier.

## Ioulia

Petro marchait dans l'appartement les poings faits, la nuit il grinçait des dents. De temps en temps il pointait sur moi sans rien dire un doigt accusateur. Il était persuadé que ce n'était pas son gouvernement qui avait rappelé Christian, comme tous ses ressortissants en Ukraine, mais que le lâche avait pris la fuite. Dans les deux cas, c'était un lâche. Détalent comme des lapins, les étrangers. Alors que l'âme russe. Un bon coup allongé dans la gueule du traître. Le mettre à terre et le frapper autant de fois qu'on lui a souri, à l'ami français.

Dès que Zoïa était couchée, il me suppliait comme un enfant, n'y pense plus, ça te passera comme ça t'est venu. Je restais dos à lui, faisant traîner la vaisselle, puis me dirigeais vers la chambre en lui souhaitant bonne nuit, malgré le ridicule, par habitude et pour qu'il n'enrage pas de se découvrir seul, d'un coup, entre quatre murs. Une fois dans la chambre j'étais sauvée, le sommeil de Zoïa me protégeait de ses accès de rage, mais notre logement était si petit qu'en quelques pas le deuxième soir il s'était glissé entre la porte et moi, Ioulia, tu ne me quitteras pas, je n'ouvrirai pas la cage. Je n'avais pas répondu, c'est toi qui es en cage, j'avais pensé.

Il essayait de m'asphyxier, d'occuper tout l'espace de l'appartement. Il laissait traîner ses affaires et s'arrangeait pour être là le plus souvent possible. Il alla chercher Zoïa à l'école, chose qu'il n'avait jamais faite auparavant, juste pour empiéter sur ma vie, pour la réduire à la portion congrue.

Je me promenais au bord du Dniepr. Le Dniepr me mettait au cœur cette indifférence contre laquelle Petro ne pouvait rien. Je n'ai jamais oublié le Dniepr. Les fleuves se moquent du jour et de la nuit et je les aime pour ça, c'est ça qu'ils me donnent, leur calme souverain, leur phénoménal oubli.

Quand il m'a annoncé qu'il s'était porté volontaire pour aller à Tchernobyl liquider la catastrophe, je n'y ai d'abord pas cru. De nombreux miliciens étaient déjà partis pour assurer l'ordre à Prypiat et le bon acheminement des convois, je m'attendais à ce qu'il soit appelé, mais pas si vite. Il avait devancé la convocation.

– Qu'est-ce que tu vas faire là-bas ?

– La circulation, sans doute.

– La circulation ? Il leur faut des officiers pour faire la circulation ?

– Aucune idée. Rien à foutre !

Je le regardai attentivement. C'était un homme blessé. Il allait là-bas pour en finir. Liquider son couple avec la catastrophe, puisque la vie qui avait été la sienne lui semblait à présent un mensonge. Bien sûr qu'il se foutait de ce qu'on lui demanderait de faire et des risques qu'il courait. Il n'avait pas besoin de savoir (de toute façon, très vite, aucun homme de sa section ne s'embarrasserait plus des appareils de mesure, bridés une fois pour toutes à une dose forfaitaire, ils arrêteraient de compter, ils en seraient là, *ils ne compteraient plus,* au sens propre).

– Qu'est-ce qu'on va dire à Zoïa ?

– On ne va rien dire à Zoïa.

Le 6 au soir, il était parti.

Dans le métro que je prenais le soir jusqu'à la station Sokolniki, les Moscovites s'offusquaient de l'attitude des pays occidentaux qui rappelaient leurs ressortissants. On tenait là une preuve supplémentaire de l'ingratitude des Américains. Notre peuple n'avait-il pas été triste lors de la catastrophe avec la navette spatiale ? Il ne fallait manifestement pas en demander autant aux capitalistes. La navette spatiale… C'était il y a combien ? Deux, trois mois ? Trois mois seulement ? Le temps ne passait pas pour moi à la même vitesse que pour les autres. Il s'était enrayé le 27 avril, basculant tout ce qui précédait dans la préhistoire, tétanisant depuis face au vide. Et ma vie, comme la navette Challenger, était sur le point d'exploser en vol.

Chez mes parents je retrouvais Marina. Elle s'était fait une copine avec laquelle elle jouait à la maîtresse dans la cuisine commune, une petite fille d'une dizaine d'années qui lui faisait la classe foulard autour du cou et lui apprenait des chansons à la gloire de Lénine. Elles jouaient très sérieusement, et sitôt après m'avoir embrassée Marina reprenait sa place et les « devoirs » que lui donnait sa camarade. Les adultes qui riaient d'abord et se poussaient du coude en regardant les fillettes étaient toujours saisis, au bout d'un moment, d'une gêne vague, d'une tendresse énervée qu'ils se reprochaient aussitôt, et un plus ronchon que les autres, généralement le père de la petite pionnière, décrétait que ça suffisait comme ça, et que c'était l'heure du chacun chez soi.

Marina se repliait alors dans les pièces de mes parents, qui bénéficiaient d'un petit salon et d'une chambre plutôt grande dans laquelle nous avions ajouté un matelas prêté par un voisin. Il était pour Marina. Je préférais dormir dans le salon, sur le tapis entre les fauteuils et le poste de télévision que Vassyl et moi leur avions offert à Noël.

Mes parents étaient désolés de s'être débarrassés trop vite du vieux canapé sur lequel ils avaient dormi toutes ces années jusqu'à mon départ pour Prypiat. Mon père surtout ne supportait pas que je dorme par terre. Il me proposait tous les soirs de prendre sa place dans le lit conjugal pour « faire une chambre de filles », m'expliquant qu'il se reposait mieux assis que couché. Mais je préférais de loin être seule. Je n'avais aucune envie de me retrouver dans ma chambre d'enfant. J'étais une femme dont le mari mourait à l'hôpital du mal des rayons.

Même si, en dehors de l'hôpital, Tchernobyl n'existait pas.

La télévision n'a pas montré tout de suite d'images de la centrale, ni de la zone évacuée. Sur fond de fêtes de village dans la banlieue de Kiev, ou de semis dans un kolkhoze ukrainien, le présentateur répétait que chez nous la vie continuait normalement. C'était comme si rien ne s'était passé. D'ailleurs Vassyl se sentait bien, il espérait quitter bientôt l'hôpital. Le docteur, lui, m'expliquait que ce n'était qu'une phase de rémission. J'étais perdue. Tout sonnait faux : les informations télévisées, le rire de Vassyl, la main amicale du médecin sur mon épaule. Qui croire ? Que penser ? Par moments il me semblait que mon mari mourait d'un mal imaginaire. Et que ma présence à Moscou même, dans l'appartement parental, était un mauvais rêve. Je passais mes journées avec la sensation sauvage de m'être réveillée en pleine nuit dans une chambre qui n'était pas la mienne.

Au début, chaque jour, Marina me demandait des nouvelles de son père. Comment ça va, papa, aujourd'hui ? Il a mangé ? Il a dormi ? Qu'est-ce qu'il a dit ? Puis elle a arrêté. Elle venait vers moi, m'embrassait, me racontait sa journée. Elle était volubile et de très bonne humeur. Elle mangeait comme quatre. Ses poupées se plaisaient à Moscou, elles aimaient beaucoup Katia. Qui ? Katia, la petite voisine. J'étais reconnaissante aux parents de Katia de la laisser jouer avec Marina. Ils auraient pu avoir peur, comme ma propre sœur, qui avait refusé que ses enfants nous embrassent. C'était une chose de savoir que tout allait bien dans la grande Union soviétique, une autre d'accepter sous son toit une famille de Tchernobyl. On sait d'ailleurs que dans les villages et les kolkhozes où elles furent relogées, les populations évacuées ne furent pas toujours accueillies à bras ouverts. Mais dans l'immeuble de mes parents l'entente entre les locataires était plutôt bonne, anciens et nouveaux venus formant une communauté de voisins d'autant plus solidaire qu'ils vivaient dans un quartier peu résidentiel, à dix minutes de marche de la première station de métro. Aucun ne nous posa de questions. Après une rapide concertation, ils décidèrent même d'offrir à Marina le petit vélo qui traînait dans le réduit sous l'escalier. Elle apprit à pédaler en une après-midi, au parc, avec mon père, et convia tout le monde à une démonstration dans la cour le soir même. Elle fut généreusement applaudie, Katia lui délivra un petit diplôme qu'elle avait préparé. Un vrai triomphe.

C'est ce soir-là, le dimanche 4, que les premières images de Tchernobyl furent diffusées à la télévision moscovite.

On y voyait le bâtiment du réacteur endommagé, cheminée intacte, toit détruit, dans un lent mouvement de caméra, et pendant que le commentaire se poursuivait, la situation redevient normale autour de la centrale, les travaux de colmatage se déroulent comme prévu, le bilan de la catastrophe est bien moins élevé que ce qui a été dit en Occident, le cadreur faisait un tour complet sur lui-même, grillage, route déserte, bâtiment de petite taille, route déserte et retour du bâtiment éventré. Pas âme qui vive. Suivait un plan aérien de Prypiat, rues désertes. Et tout de suite après des colonnes de camions qui, expliquait le présentateur, participaient aux opérations de contrôle et de surveillance. Une semaine depuis l'évacuation, et personne n'était rentré.

Je regardais la télévision, Tchernobyl d'un coup m'inondait, pénétrait en moi et se propageait dans mon corps, moi aussi j'étais interdite.

Je n'ai pas dit à Vassyl que sa fille savait faire du vélo. Plus il déclinait, plus j'avais l'impression que Marina prenait des forces, resplendissait. J'avais des idées noires. Je revoyais sans cesse les sinistres colonnes de camions progressant sur les routes comme téléguidés. C'était la fin de l'homme. C'était la fin de l'homme et je trouvais obscène la vie qui résistait dans le corps de ma petite fille. Je lui en voulais presque d'être en bonne santé. J'avais des idées absurdes. Si elle allait un peu moins bien, est-ce que Vassyl s'en trouverait mieux ? Je devenais un monstre.

## Lucie

Vers les trois heures du matin, j'ai croisé mon père à la cuisine. J'ai encore fait ce rêve avec Hinault, il a dit. Ça le désolait, de rêver d'Hinault qui n'en valait pas la peine. Depuis deux ans c'était récurrent, il se réveillait la nuit sous les coups de Bernard Hinault, et il trouvait ça d'autant plus absurde que ce jour-là sur le Paris-Nice, le 12 mars 1984, Hinault ne l'avait pas frappé lui, mais un collègue de La Ciotat qu'il connaissait de vue seulement.

Le scénario de son rêve ne variait jamais. Il était là à piétiner sous les drapeaux, avec les autres du syndicat. Rien autour, les arbres au bord de la route, la campagne brune, et sèche. Deux qu'on avait envoyés quelques pas en avant se repliaient en gueulant, ils arrivent ! À leurs cris les rangs se serraient, tous pivotaient pour faire front. Drapeaux. Mon père n'était pas dans les premiers, jamais, il ne voyait rien. Il sentait les copains qui reculaient, il se cambrait, il résistait. Ceux en tête, plus exposés, surpris de la vitesse des machines, s'étaient écartés par réflexe. Il était d'un coup à découvert, il se préparait à l'impact, il se préparait comme pendant les matchs à stopper la course d'un adversaire, il bloquait ses muscles, verrouillait sa respiration et ceinturait le gars en face monté sur sa bécane, l'arrêtait net, il sentait la ferraille lui entamer la jambe, relâchait un peu sa prise et l'autre alors lui filait un coup de poing teigneux, magistral, mais plus que le coup c'était la haine, la haine qu'il voyait en travers du visage de l'autre qui le laissait sonné.

Il se réveillait le cœur battant, ne se levait pas tout de suite. Il attendait que sa respiration se calme, que les drapeaux cessent de claquer, attendait deux minutes supplémentaires au radio-réveil.

Hinault en 84 revenait sur le circuit après avoir été viré de l'équipe Renault, il avait trente ans et Tapie lui donnait une nouvelle chance sous le maillot de La Vie claire, il n'allait pas laisser une bande de cons foutre en l'air son retour. Aussi ce 12 mars, sur la cinquième étape du Paris-Nice entre Miramas et La Seyne, il fonce dans le tas des manifestants – mineurs de Gardanne et ouvriers des chantiers navals de La Ciotat – qui tentent de bloquer la course.

L'idée, pour les ouvriers, c'était de se faire entendre. Ils avaient écouté le ministre de l'Industrie et de la Recherche parler de récession, annoncer des « pôles de conversion », des « plans de restructuration ». Ils savaient qu'ils allaient rester sur le carreau. Il fallait qu'en haut on comprenne bien qu'ils ne se laisseraient pas faire. Que ça ne se passerait pas comme ça. Ils s'étaient décidés à bloquer le Paris-Nice à la cinquième étape, cent quatre-vingt-dix kilomètres entre Miramas et La Seyne. Ils comptaient sur la télé qui suivait les cyclistes en longs travellings retransmis le soir au journal de vingt heures. Ils avaient le trac, un peu. La France entière allait les voir dans le poste. Ils attendaient au kilomètre cent cinquante-quatre comme des Robin des Bois, convaincus que leur combat était juste, qu'ils étaient du bon côté. Certains pensaient même, parce qu'ils les aimaient, et suivaient leurs exploits, que les sportifs, la surprise passée, seraient solidaires. Ils espéraient des accolades devant les caméras, des bras levés pour brandir les drapeaux, des bras habitués à fêter la victoire qui diraient au grand capital que le peuple allait gagner. Au lieu de quoi les coups.

C'était d'autant plus bizarre ce rêve qu'il n'y était même pas, mon père, au kilomètre cent cinquante-quatre. Il attendait avec les autres à l'arrivée de l'étape, sous la banderole *À La Seyne, la Navale vivra.* Pourtant c'était comme si c'était lui qui les avait reçus ces coups, et le paquet de haine qui allait avec.

À l'époque aux chantiers ça allait déjà mal. Avec ceux de la CGT ils bloquaient le *Fairsky*, un paquebot magnifique, une merveille. Le bateau était au quai nord devant la mécanique et ils se relayaient pour empêcher sa livraison à l'armateur, une compagnie italienne qui avait promis d'autres commandes dont il devenait évident qu'elles allaient leur échapper. Mon père était souvent là-bas, il prenait son tour avec les gars de la tuyauterie. Chacun apportait à manger, la bouteille de vin. Le comité d'entreprise avait fourni les magnétoscopes. Installés dans les vastes vestiaires du montage machines, ils regardaient des films et jouaient aux cartes toute la nuit. Parfois aussi, par les petites portes ouvertes dans la coque, ils montaient à bord du géant immobilisé. Le bateau luisait doucement dans le noir, comme entravé par les aussières énormes qui le reliaient au quai. Certains peut-être rêvaient de voyage, des qui n'étaient jamais partis. Les autres faisaient simplement le tour du propriétaire. Appréciaient la moquette bleue. Ce bateau était à eux, après tout. C'était leur seule monnaie d'échange pour garder leur travail. Ils avaient fait grève, avaient marché sur Toulon avec les élus, la population et les prêtres du diocèse, ils s'étaient rendus à Paris, en vain. Ils rentraient toujours les mains vides. Ils n'obtenaient rien, savaient sans vouloir se l'avouer que le chantier allait fermer. Le *Fairsky* représentait leur dernière chance. Du haut du pont supérieur, ce baroud d'honneur avait de la gueule. On pouvait croire encore à la possibilité d'éviter l'inévitable, de repousser l'échéance, au moins. Les délégués CGT ne voyaient pas d'un bon œil ces excursions nocturnes. Ils craignaient que les hommes ne fassent des dégâts. Mon père montait aussi pour ça, ramener les copains moitié saouls qui oubliaient de faire attention. Ils avaient tenu quatre mois. Soi-disant qu'il fallait être réaliste. Que s'ils ne lâchaient pas le bateau, le chantier fermerait le lendemain. Alors le 13 avril 84, un mois après le coup de poing d'Hinault, ils avaient libéré le *Fairsky.*

Huit mois encore et c'était Noël. Les premières lettres de congé étaient arrivées en recommandé. Au départ les gens croyaient que c'était l'huissier qui allait les apporter, en fin de compte c'était le facteur, et il n'était pas fier. Je me souviens que mon père l'attendait au portail. Il avait déchiré l'enveloppe tout de suite. Rouge il était viré, pas la peine de se présenter lundi. C'était bleu.

L'année 85 avait commencé comme ça. Mon père n'avait pas été de la première vague, ni de la deuxième. Il continuait à pointer. Pourquoi lui plutôt qu'un autre ? Il n'avait pas demandé. Simplement, il rêvait d'Hinault. À mon avis il se sentait coupable de n'avoir pas été licencié. Il devait trouver normal de s'en prendre un chaque nuit, ou presque.

Je culpabilisais. C'était dur de croire à la villégiature quand Vassyl vieillissait si vite, jeune homme hier encore et aujourd'hui creusé, décharné, dépulpé comme on dirait d'un fruit. Je m'occuperais bientôt d'un vieillard. Je faisais pourtant de mon mieux pour tenir le mal dragée haute. Je partais le soir en disant à demain.

Mais je l'embrassais en le quittant comme si c'était la dernière fois, et quand il me disait bonne nuit sa voix était si faible qu'il fallait que je le devine. En sortant de l'hôpital j'y pensais, est-ce que c'est vraiment ce qu'il a dit ? Comment un presque mort peut-il se soucier d'un vivant au point de lui souhaiter une bonne nuit ?

Après le métro, je marchais entre les immeubles de bureaux, le long d'un hôpital pour tuberculeux, d'un dépôt de tramways. Le ciel était vide, les rues étaient vides, et mon cœur une enseigne éteinte.

Ils m'attendaient pour manger, je lisais à Marina les contes de Pouchkine dans l'édition illustrée de mon enfance. Son préféré était celui de la princesse morte. Elle demandait à voir l'image, quand la pomme s'envole vers la princesse, et pendant que je chuchotais, *Elle regarde la pomme, si ronde et dorée et comme, emplie d'un miel odorant*, elle se passait la langue sur les lèvres. Je détournais les yeux.

Quand ils étaient tous couchés, seule dans le salon, je m'exhortais à plus de courage. Si je voulais que Vassyl s'en sorte, il ne fallait pas que je me laisse aller. Je devais lutter contre mes pensées mauvaises, donner des gages à la vie. Manger, rire, me faire belle. J'aurais aimé prier, si j'avais su. Mais j'étais une vraie communiste, et – c'était un comble – ne pouvais compter que sur moi.

À défaut de prière, j'observais donc des rituels secrets. Chaque matin je me coiffais avec soin et toujours de façon à dégager mon visage, dans le miroir lissais trois fois mes sourcils, rosissais ma bouche, tapotais mes joues. Puis je me mettais en route. Au bout du trajet, avant d'entrer dans la chambre de Vassyl, je rajustais ma robe, la robe fauve qu'il aimait bien, ou la bleue, deux robes seulement dans ma valise, un gilet, un manteau léger. Je respirais un bon coup, comme quand j'étais gamine avant d'enchaîner au sol les figures de gymnastique. Me mordais un peu les lèvres. Poussais la porte comme si c'était celle de notre appartement et que j'arrivais de courses, affairée, encombrée de sacs, heureuse d'être enfin rentrée, de pouvoir m'asseoir. Comme si là, juste derrière, de l'autre côté du mur, c'était la rue et non les couloirs de l'hôpital.

Certains jours je faisais en sorte d'arriver plus tard, de partir plus tôt. Juste pour que Vassyl sente que la vie était proche, qu'elle tourbillonnait toujours. Un jour je m'obligeai à le quitter en milieu d'après-midi, la mort dans l'âme, prétextant un rendez-vous avec une amie d'enfance au musée Pouchkine. Il souriait, tu as raison, vas-y, tu passes déjà beaucoup trop de temps ici. Et tu devrais aussi te reposer un peu. Je minaudais, tu es sûr ? Ça ne t'embête pas que je te laisse un peu plus tôt ? Je voulais qu'il ait l'impression de me gâter, et qu'il m'imagine dans ma robe fauve sous le ciel de Moscou, me hâtant vers mon amie imaginaire.

D'ailleurs moi-même je m'efforçais d'y croire, c'était tout à fait plausible, je connaissais le musée pour y être allée avec ma classe et en d'autres circonstances j'aurais très bien pu convenir d'un rendez-vous avec une camarade dont j'étais restée proche, Natalia par exemple, grâce à qui j'avais obtenu la note maximale à un exposé sur *Les Constructeurs* de Fernand Léger et qui étudiait maintenant l'histoire de l'art. Je jouais le jeu, prête à tout pour tromper la mort, vérifiant l'heure à ma montre dans le métro, affichant au moment d'acheter mon billet d'entrée l'air contrarié de quelqu'un qui s'aperçoit que son rendez-vous n'est pas là, m'attardant quelques instants dans le hall avant de me résigner à faire seule le tour des salles.

Alors seulement, à l'abri du musée, je m'autorisai à quitter mon rôle. Le silence des toiles était déchirant. Devant celle d'un certain Rousseau qui représente un cheval attaqué par un jaguar, j'eus d'un coup envie de hurler, et le bruit explosa dans ma tête alors qu'elle touchait le sol, hennissement de peur, feulement de colère, peut-on feuler de peur ?

Le gardien m'observait, penché sur moi, inquiet.

– Vous dites ?

J'essayai de me relever, m'appuyai sur les coudes, la tête encore lourde du vacarme.

– Vous avez perdu connaissance. Restez étendue, voulez-vous ?

Je me rallongeai pour mieux réfléchir, abattue dans l'herbe, pas vu le jaguar, je suis le cheval. Mais ma robe, quelle robe je porte, de quelle couleur ? Fauve. Je suis le jaguar.

– Vous vous sentez mieux ?

J'acquiesçai. Il m'avait assise face au tableau.

– Je vais reprendre mon poste. Ça ira ?

– Ça ira. Merci.

Je restai sans bouger jusqu'à l'heure de partir, tantôt cheval, tantôt jaguar, sans parvenir à enrayer ce processus d'identification absurde, constatant qu'il empirait au contraire, *Jaguar attaquant un cheval dans la jungle* devenant mon propre portrait, mon portrait en pied, c'est moi, là, l'étreinte, et ce feuillage autour, je suis ce monstre mi-licorne mi-griffon qui froisse le cœur de la forêt. Je voyais aussi ce que le tableau ne montrait pas, les yeux du fauve, sa gueule ouverte sur le col du cheval, et le fouillis des herbes à l'endroit où j'étais assise, au milieu de la salle, face à lui. Comment pouvais-je être à la fois femme et bête, griffe et sabot, figure et paysage, dedans et dehors ? J'étais perdue, infiniment fragile, ouverte à tous les vents.

Ça irait mieux quand nous serions rentrés.

Car je ne doutais pas que ma vie m'attendît à Prypiat. Une vie de femme, épouse et mère, ne se perd pas comme on perd connaissance. Il fallait que je me ressaisisse. Je me décidai à quitter le musée. Vassyl avait raison, j'avais besoin de repos.

*Une belle santé !* On sentait entre les lignes des pages sportives poindre une indignation légitime. Les footballeurs du Dynamo de Kiev n'étaient décidément pas perturbés par Tchernobyl. Ils s'imposaient 3-0 contre l'Atletico de Madrid, et les Français avaient du souci à se faire pour la prochaine coupe du monde, en juin, au Mexique. Pour le reste, les capteurs de la Marine nationale avaient enregistré un taux de radioactivité légèrement supérieur à la moyenne sur Toulon et dans le Var, mais c'était hier. Aujourd'hui il fait tellement beau qu'il ne peut rien nous arriver.

J'ai replié le journal. Mon grand-père m'a demandé si on venait manger les oiseaux, demain. J'ai haussé les épaules. Il sera pas levé, demain ? Fiche-lui la paix, a dit ma grand-mère.

Je suis descendue à pied jusqu'au port, j'ai pris le bateau pour Toulon. De la mer on voyait un peu le chantier, c'était ouvert, de ce côté. Les vieux, comme le père de mon père, celui qui est mort l'année où je suis née, en avaient fait l'expérience à leurs dépens quand pour casser la grève historique de 53 les CRS étaient passés par là, comme qui dirait à l'abordage, forçant les ouvriers à refluer vers la porte principale, libérant les lieux pour les rendre au patron au son de la sirène, la ville en alerte on ne savait pourquoi, signaler l'assaut ou appeler à l'aide.

Quand mon père parlait de ça (très vite, sans en dire rien, comme si tout le monde savait), j'imaginais un assaut un peu ridicule, les CRS débarquant après une brève hésitation, quel pied, nom de Dieu, quel pied lever du bateau et lancer par-dessus l'eau épaisse entre la coque et le quai? Je me plaçais du point de vue des hommes qui les voyaient arriver, nombreux, armés, et courir de travers comme les crabes pour laisser la place à ceux qui attendaient leur tour de toucher la terre ferme, ça bouge un peu, toujours, le dos souple de l'eau. Comment tenir? Puis: à quel moment décrocher? Je pressentais la peur, la frime, l'impuissance et l'envie d'en découdre. Que l'assaut délivrait, aussi. Rien de pire qu'une lutte qui s'essouffle, disait mon père, sinon le lâchage du syndicat.

De ce côté c'était ouvert, du bateau on risquait tous un œil, mais hérissé, rouillé, barré d'entrepôts, bardé du métal des coques en construction, échevelé de grues. Dans mon idée ce n'était pas un endroit pour les hommes, mais un genre d'enfer.

Le chantier était silencieux, ce jour-là. C'était samedi. Et puis près de deux mille ouvriers en moins, le carnet de commandes vide, ça s'entendait. De longues apnées, une haleine de vieillard. Je savais que bientôt il faudrait s'habituer au silence, et que même à moi il manquerait, ce bruit fantastique d'étable. Cent trente ans que le chantier mastiquait tout le jour son quota d'ouvriers. D'où qu'on soit en ville, on l'entendait ruminer. Les énormes bruits de bouche du chantier. Les grincements de dents, les claquements de langue, les dégoûtants flux de salive et les borborygmes plus bas, plus profonds, éléphantesques. Tant qu'il y a eu des hommes pour embaucher, le chantier a donné de la gueule. J'avais grandi comme les autres avec en fond sonore le branle des machines. Je pressentais que le jour où la manducation cesserait, la bête serait morte. À en croire mon père, ce jour-là était proche. Est-ce qu'on le saurait, que la sirène retentissait pour la dernière fois ?

Tandis que le bateau entrait dans le port de Toulon, j'ai remarqué comme d'habitude que l'arsenal au contraire était propre, et discret.

Dans les rues de la vieille ville, j'ai traîné un peu. Je cherchais un cadeau pour mon père. J'aurais voulu quelque chose d'utile, mais de symbolique aussi, quelque chose qui à la fois dise l'amour et sauve la vie. J'essayais de me mettre à sa place. J'aurais voulu quoi, si mon anniversaire était tombé ces jours-ci, pile la semaine de la fin du monde ? Je suis entrée dans un surplus américain, dans une coutellerie, dans un magasin de bandes dessinées, chez un shipchandler. Je n'ai rien trouvé. Je suis redescendue vers l'embarcadère. C'était l'heure du marché. Les cafés avaient sorti leurs tables. Les gens prenaient l'apéritif. Un gros homme a levé son verre, regarde un peu ce soleil, t'en vois un, toi, de nuage ? Il a trinqué avec sa voisine, une revendeuse de fruits et légumes que je connaissais de vue, nous deux on risque rien, il a ajouté, l'alcool ça conserve. Je me suis promis de ne plus rien prendre à cette bonne femme. D'ailleurs je trouvais à tous les marchands un air louche.

Dans le bateau du retour, Sam est monté après moi. Je l'ai vu arriver sur le quai et saluer le matelot. J'aurais voulu disparaître. Comment lui dire bonjour, maintenant ? Et s'il m'ignorait ? Mais il est venu droit sur moi et il s'est assis sur le siège à côté. On s'embrasse ? Je l'ai considéré un moment. Il se moquait, mais pas trop. Je crois qu'il m'aimait bien. Je crois qu'il était tendre. Comme je ne bougeais pas, il m'a embrassée, lui. Sur la bouche. Et il m'a souri. T'inquiète pas, il a dit. Mais j'étais terrorisée.

J'étais terrorisée parce que je sentais sa jambe contre la mienne et que la sensation de chaleur que ça me faisait me décrochait le cœur. Sam m'a expliqué où il habitait. Demain je travaille, mais lundi, tu viendras me voir ? il a demandé.

Quand je suis arrivée à la maison, à midi passé, il y avait du monde. Le docteur, et le délégué syndical. Tous les deux au pied du lit. J'ai cru que mon père était mort. En fait le premier sortait au moment où était arrivé le second et ils s'étaient sentis obligés d'échanger trois phrases convenues sur les temps qui sont durs, mais – le délégué n'avait pas pu s'empêcher – quand même plus pour les uns que pour les autres. Le docteur tordait le nez. Je leur fis une diversion heureuse.

Il va sans dire que je haïssais les deux. Je trouvais le docteur chafouin (c'est un mot de ma mère) et lui opposais, lorsqu'il m'arrivait de tomber malade, un mutisme résolu. Au syndicaliste je reprochais son charisme. J'étais bien placée pour savoir, grâce à Gloria, qu'il faut se méfier des gens trop charmants. Soleil ou caillou ? Celui-ci était redoutable. Mon père m'avait raconté comme il arrêtait l'atelier. Comme il parlait pour ceux qui ne savaient pas. Comme ceux-là hochaient la tête, et discutaient après autour des machines, deux trois phrases d'un poste l'autre, l'idée usinée au rythme des mains sur le marbre. Mon père avait dit, l'atelier s'arrête et tous regardent celui qui a pris la parole, les dessinateurs aussi de la passerelle, lui au milieu comme sur scène, par terre d'ailleurs c'est un genre de sable comme celui des pistes de cirque, il parle de Mandela et des conditions de travail, il est en gris comme nous, tous la même combinaison blanc sale qu'aucun lavage ne récupère jamais, les gars comprennent que le monde est vaste et qu'ils en font partie, qu'en tant qu'ouvriers ils doivent être à la hauteur, avoir des aspirations et un idéal, grâce à lui Mandela c'est notre histoire aussi, dans l'atelier attentif, et par les éverites translucides tombe du toit une lumière épaisse, pleine de poussières en suspension. Le chef les suit rêveusement des yeux avant de tapoter sa montre, on entend bien les voix d'hommes dans le silence contre lequel la tasseuse est lancée seule, près du cintrage à chaud, au milieu de la structure qui fait comme un hall de gare, deux cents mètres de long, quarante mètres de large et vingt-cinq de haut, le syndicaliste le rembarre, deux minutes encore, le chef râle, c'est pas lui qui va se faire taper sur les doigts par la direction.

Mon père, en 84, le délégué lui aurait dit jette-toi à la mer, il s'y serait jeté. Mais là, depuis son lit, sûr d'être de la prochaine vague, sûr de devoir choisir bientôt, comme les copains, entre congé de conversion et prime de départ, c'était plus pareil. Il l'écoutait en souriant lui expliquer encore une fois qu'ils n'avaient pas pu faire autrement, que la cellule de reclassement c'était un moindre mal. Toujours le même discours depuis le départ du *Fairsky* contre l'avis des ouvriers. La version officielle. J'avais souvent entendu mon père regretter que le syndicat les ait lâchés. Ce jour-là, il ne disait rien. Il attendait que l'autre ait fini. Et quand le délégué l'a salué pour prendre congé, il n'a pas répondu. J'ai eu peur qu'il ait aussi décidé de ne plus parler.

– Tu veux quoi pour ton anniversaire ?

– Des tennis.

Il avait répondu sans hésiter.

– Des tennis ?

– Pour courir.

## Ioulia

Je ne pouvais évidemment en parler à personne mais que Petro ne soit pas là me faisait un bien fou. Au travail déjà, le premier jour, après la pause de midi, quand j'avais pris conscience qu'il n'allait pas rentrer après une garde de nuit, que l'appartement était vide et que je l'aurais tout à moi, les objets que je manipulais machinalement depuis des heures m'avaient d'un coup sauté aux yeux. Comme si ma collègue venait d'allumer la lumière. Nous étions en train toutes les deux de réparer des livres dans un bureau étroit et je l'avais félicitée, quelle bonne idée tu as d'allumer, on n'y voyait vraiment rien. Elle avait levé les sourcils et assuré que l'éclairage fonctionnait en continu depuis le matin. Sans rien dire, je m'étais remise au volume de Maupassant dont j'étais en train de consolider les mors. Je venais de recouvrer la vue.

C'était tellement reposant. Tout était tellement plus facile quand il n'était pas là. Même Zoïa était très détendue. La vie allait de soi. L'absence de Petro était à ce point libératrice que je ne pouvais pas m'empêcher de souhaiter sa disparition pure et simple, définitive. Qu'il ne revienne pas. Sur le plan pratique même, il était avantageux qu'il ne revienne pas. Plus de problème de divorce. Est-ce que c'était vraiment si dangereux, là-bas ? J'étais un monstre, de penser ça. À la manière des enfants qui se sentent incompris et se rêvent orphelins, parce que l'orphelin a cet avantage, à ce moment-là, de pouvoir s'inventer les parents qui lui vont, je ne voulais pas qu'il meure vraiment, je me plaisais simplement à imaginer comme ce serait bien, s'il mourait.

J'ai un peu honte de l'avouer mais la deuxième semaine de mai, pour moi, a d'abord été un répit. J'ai même arrêté de souffrir en pensant à Christian. Je savourais ma solitude et vivais au jour le jour, indifférente à ce qui se passait au-delà de la porte de mon appartement. Les gens autour de moi se posaient beaucoup de questions sur l'opportunité ou pas de quitter Kiev. Il faut dire que les autorités avaient pris des mesures spectaculaires : les rues étaient lavées à grande eau plusieurs fois par jour pour éliminer la poussière radioactive ; les produits frais, surtout les produits laitiers, étaient systématiquement contrôlés ; les instituteurs avaient ordre de ne pas laisser les enfants jouer dehors. Ces mesures, bien entendu, étaient présentées comme préventives. Nous ne craignions rien. D'ailleurs cette année la Course de la paix ne partait pas de Moscou, Berlin, Prague ou Varsovie, mais d'ici, de Kiev. Jamais les Occidentaux, tellement prompts à calomnier, n'auraient autorisé leurs équipes à concourir s'il y avait le moindre danger. Or ils étaient apparemment tous là, à côté des pays frères, la France aussi (et je souriais intérieurement comme si les cyclistes français n'étaient là que pour moi). Rien d'anormal à Kiev. Nul doute que le public serait au rendez-vous, même si de nombreux parents, des femmes surtout, bébés au bras, affluaient à la gare.

Il semblait établi que Moscou était et resterait sûre. La femme qui travaillait à la boulangerie où j'achetais chaque matin le petit pain de Zoïa me rapporta que de savants météorologues avaient trouvé le moyen d'empêcher l'air contaminé d'atteindre la capitale. Elle aurait pu s'en offusquer. Après tout, les Ukrainiens et les Biélorusses méritaient aussi que le Parti s'occupe d'eux. Mais elle n'y pensait pas. Elle avait l'air sincèrement admirative devant la prouesse technique. Il n'y avait rien à dire, nos scientifiques étaient les meilleurs et nous vivions définitivement dans le pays le plus développé du monde. C'est pourquoi sans doute ceux qui partaient le faisaient sourire aux lèvres, convaincus d'aller visiter leur famille à Moscou, quoi de plus normal, à la veille de la Fête de la victoire. Rien d'antisoviétique là-dedans.

Mais il flottait en ville une atmosphère étrange. Même les préparatifs de la Course de la paix paraissaient factices. Je pensais aux jeux du cirque, dans la Rome antique. À certains moments de la journée, Kiev était un immense stade vide. Il y avait de moins en moins d'enfants à l'école, et plus du tout dans les rues. Il fallait éviter de traîner dehors. Pas de marchands de glace ou de jus de fruits le long des avenues. La vente sur le trottoir était interdite. C'était une sorte de couvre-feu permanent. Implicite, mais observé par tous. On ne sortait de chez soi que par nécessité, et toujours avec l'impression d'être hors-la-loi. On se dépêchait de rentrer. On regardait ses pieds. J'ai vu une fois un homme, un bel homme et distingué, sursauter quand je débouchai de l'angle d'une rue : il était manifestement en train de flâner sous les arbres en fleurs. Je n'ai pas osé lui dire qu'à moi aussi la ville plaisait, nue ainsi, livrée à elle-même. J'ai marché du même pas pressé jusqu'à l'appartement. Quelle chance que Petro soit parti ! Voilà ce que je me répétais.

Des amis qui vivaient à Kharkov me téléphonaient chaque jour pour que je vienne habiter chez eux. Tout le monde surveillait les vents, et les vents ne soufflaient pas vers l'est. Je leur répétais de ne pas s'en faire, et que je prenais les précautions nécessaires : pas de produits frais (je piochais dans les conserves de ma mère, une armoire entière à vider avant de mourir de faim), pas de viande (il était impossible de savoir si elle ne provenait pas du bétail abattu dans la zone) mais des salaisons seulement, des patates bouillies deux fois, tout bouilli deux fois, l'eau à boire aussi (j'avais entendu qu'ils faisaient ça en Pologne, c'était impossible à vérifier et vu d'ici c'était assez ridicule, mais). Ce régime ne plaisait pas à Zoïa, qui trouvait que plus rien n'avait de goût. Elle réclamait des pommes de terre au four, or au marché rien ne différenciait les légumes contaminés des autres, et je craignais de l'empoisonner.

Un jour que je passais chez eux prendre du salami pour lequel ma mère avait fait la queue à ma place au magasin, mon père me demanda si je pensais envoyer Zoïa dans un camp de vacances. La fin des classes avait été avancée de quinze jours. Tous les enfants entre sept et quatorze ans avaient la possibilité d'aller se reposer au soleil. Je savais que c'était ce que recommandait le Parti, mais je ne m'étais pas sentie concernée. Je peux l'inscrire, si tu veux, a insisté mon père.

Je n'ai pas répondu. On m'avait toujours dit quoi faire. Et là, d'un coup, parce que les autorités ne pouvaient pas à la fois répéter qu'il n'y avait pas de danger à Kiev et exiger des parents qu'ils éloignent leurs enfants, j'ai entrevu la possibilité de ne pas obéir. De me demander ce que je voulais, moi. Et c'était clair : je ne voulais pas me séparer de Zoïa.

Quand j'y pense, cette découverte, dire *je*, aurait dû m'enthousiasmer. Mais quelle a été ma première pensée de femme libre ? *J'ai peur. J'ai peur pour mon enfant.* Sur le spectre des émotions exprimables à la première personne du singulier, j'ai d'abord connu l'effroi.

Les trains bondés pour Moscou.

Dans les rues de Kiev la Course de la paix.

Partir ou rester ?

Je ne savais plus où donner de la tête.

## Ludmila

Je ne sais pas à quel moment j'ai compris que nous étions partis pour de bon. Que non seulement nous ne rentrerions pas à trois à Prypiat, mais que personne, ni moi, ni Marina, ni aucun autre évacué provisoire n'y retournerait jamais, ou alors en rêve. Je me rappelle bien de ce que ça m'a fait, le coup au ventre. Par contre j'ai oublié les circonstances. Est-ce que j'étais assise sur un banc dans le parc Sokolniki, reprenant des forces avant de retrouver Marina ? Est-ce que c'était plus tard dans la soirée, observant ma fillette décidée à vivre, manger, jouer, rire, dont pourtant les mains au repos se fermaient par réflexe comme celles des nourrissons, mon ange poings serrés, doigts dans le ventre de la main pour tenir le monde en garde ?

Et si c'était le soir où je suis retournée à la gare ? Le train de Kiev venait d'arriver. Il était bondé, plein d'enfants. Les mères une fois sur le quai les tenaient autour d'elles comme des paquets, chacun d'ailleurs un petit sac à l'épaule, certains très sages, fascinés par la foule, d'autres qui suppliaient qu'on les laisse courir vers le grand-père qu'ils avaient aperçu, plus loin là-bas. J'avais débarqué sur ce quai dix jours auparavant et c'était elle sans doute, celle que j'étais il y a quelques jours encore, que j'étais venue ce soir-là retrouver à la gare. Je m'attendais à l'apercevoir, Marina à la main, dans son léger manteau de printemps, trop léger pour Moscou et les jours sombres à venir, scrutant le quai pour reconnaître le visage large du père et celui de la mère blanc comme crème. J'étais venue jusqu'ici pour voir flotter dans ses yeux de jeune femme fraîchement évacuée l'image de mon appartement à Prypiat, y découvrir, rémanents, les motifs de la tapisserie de notre chambre, ceux brodés sur la nappe de la cuisine, ceux découpés sur les murs par la lumière, et aussi le dessin des balcons de l'immeuble, la ligne des fenêtres ou la masse des bois au loin dont j'ignorais qu'ils puissent un jour m'émouvoir. Je croyais qu'elle serait seule ou presque à marcher vers la sortie, que je l'observerais sans peine, elle et sa vie intacte encore, sa vie d'avant, d'un seul tenant. Elle me manquait tellement, la jeune épouse de Vassyl. Je m'en souvenais si peu. Son image persistait sur ma rétine, encore à peu près nette si je fermais les yeux, mais de ce qu'elle voyait elle, de sa manière d'envisager les choses, de faire usage du monde, j'avais déjà tout oublié.

Quand j'ai vu toutes ces femmes descendre des wagons en provenance de Kiev, j'ai compris que je ne croiserais pas mon fantôme, que le train du retour n'existait pas. Elles venaient d'Ukraine avec des affaires pour deux jours, comme moi. Mais elles, la Fête de la victoire passée, elles rentreraient. Elles pousseraient la porte de leur immeuble et sur le palier chercheraient leur clef, poseraient leur sac sur la table, pesteraient contre la vaisselle sale, ouvriraient le frigo et le lendemain prendraient sur leur pause-déjeuner pour aller faire la queue au magasin dans l'espoir de le remplir, à plusieurs collègues, chacune une file, maudissant celles (il y en a toujours) qui laissent passer les hommes, les pauvres, dont ce n'est pas la place. Moi je ne rentrerais pas. Je l'ai compris à ce moment-là, dans la foule des femmes qui descendaient du train gare de Kiev à Moscou.

J'ai eu l'impression d'être vieille. D'une drôle de vieillesse qui n'avait pas de nom, une vieillesse sans passé. J'avais tout laissé à Prypiat. Je pensais en regardant les voyageuses à ma jolie nappe brodée, aux plats qui venaient de la mère de ma mère et aux bonnes choses qu'on préparait dedans, aux gestes aussi pour les confectionner, aux photographies de famille – on devait revenir. Les photographies, qu'étaient-elles devenues ? On partait pour deux jours.

Aujourd'hui encore, je me demande : le reste a été pillé, et vendu, mais les photos, qui ne valent rien ? Où sont partis les visages, les yeux, les bouches tendres qui souriaient peu ? Le vent a dû les éparpiller. Est-ce qu'on en retrouve en forêt, sous les feuilles, au bord de l'eau ? Je m'imagine cueillir de doux morceaux de joue, des lignes de sourcil, et ramasser aux arbres de lourds chignons de femme. Est-ce que certains portraits ont descendu le Dniepr jusqu'à la mer Noire, et emploient leur vie sous-marine à éviter le filet des pêcheurs ? Je ne voudrais pas qu'ils moisissent dans l'appartement vide, et que le passé se soit arrêté là, sous les éclats des portes arrachées, sali par le plâtre et bouffé par les rats.

Plus de passé. Pas d'avenir. Un présent démesuré.

Je me sentais plus vieille que ma mère.

## Lucie

Quand elle a vu que le dimanche, mon père ne quittait pas la chambre, alors que c'était son anniversaire et malgré les chaussures de sport taille 44 qu'elle était allée acheter quand même, ma mère a décidé d'avoir avec lui une petite conversation. Au bout d'une heure environ porte close, elle est ressortie satisfaite : il acceptait de se lever, la nuit seulement, certes, mais c'était un début. Et elle avait négocié qu'il mette son réveil avant le repas du soir. Il prendrait même le petit déjeuner avec nous, avant de retourner se coucher.

De fait, le soir même, nous étions en train de mettre la table quand mon père est entré dans la cuisine. Il a embrassé ma mère qui lui souriait comme s'ils se voyaient pour la première fois, et elle lui a dit de s'asseoir, qu'elle avait cuisiné l'*osso bucco* pour lui. Elle avait aussi acheté un gâteau. Mon père a soufflé ses quarante bougies, il y en avait de toutes les couleurs et de toutes les tailles, mon petit frère et moi avions fait les tiroirs pour en trouver quarante, certaines des rogatons de cire qu'on a peiné à allumer, les bougies elle n'y pensait jamais. Depuis qu'il restait couché mon père ne parlait plus trop, mais on voyait qu'il était content, il a mis les Adidas, il a repris du praliné. On aurait pu croire que tout était rentré dans l'ordre. Après le repas ils se sont installés devant la télévision. Mais quand je suis allée dans la nuit boire un verre d'eau à la cuisine, j'ai vu par la porte ouverte de leur chambre que ma mère était seule dans le lit. Dans la cuisine il n'était pas non plus. Ma mère aurait pu occuper le milieu du lit, profiter de sa solitude pour s'étaler, mais non, elle dormait bien rangée de son côté, à sa place comme le nécessaire à lentilles sur sa table de nuit, et sur l'oreiller la tête et les paupières closes, comme désactivée.

J'avais laissé la cuisine éclairée et je voyais très nettement passer les rêves sur le visage de ma mère. Elle se tenait au bord de sa moitié de lit. On aurait dit qu'elle regardait au fond du vide laissé par l'absence de mon père. Les draps de ce côté étaient tirés, mais pas bordés. Ils pendaient vers le sol et j'ai pensé à Fred qu'on avait enterré l'après-midi même, Gloria m'avait raconté, la petite amie en larmes alors qu'elle l'avait quitté depuis deux mois au moins, la haie d'honneur des copains du foot quand le cercueil était entré dans l'église, c'est comme ça que le drap défait de mon père m'a fait penser à un linceul. Une femme qui rêve, un homme qui court, un jeune corps rendu à la terre, j'imagine que pour l'adolescente silencieuse que j'étais ça ressemblait assez bien à la fin du monde. Choisir le sommeil, la nuit, la mort, c'était la preuve que quelque chose, quelque part, s'était déréglé. Je n'aurais pas été surprise, cette nuit-là, de voir l'eau remonter à sa source, le feu glacer, les oiseaux sous l'onde filer en bancs serrés.

Il paraît qu'il existe un endroit comme ça au bord de la zone interdite. Trente ans après l'accident, le lieu est très prisé. On y arrive tôt pour avoir une bonne place, surtout le dimanche. Quand la rivière sort de son lit, elle transforme le vallon en un lac romantique, piqué de bouquets d'arbres et bordé d'herbes longues. Le paysage se lit à l'envers dans l'eau calme. Des oiseaux passent en sifflant, on les voit longtemps glisser sous le ciel, et sur le lac leurs reflets vif-argent. Au début du monde, le matin devait ressembler à ça. Sauf qu'on est au vingt et unième siècle, et que les tours au fond, cette cité perdue, percluse d'arbres et de mousses, c'est celle de l'atome. Que viennent voir les gens qui pique-niquent au pont de Martinovichi ? La fin du monde ? Les portes du paradis ? Les vieux viennent se frotter à ce qu'ils ont perdu. Ils vivaient là, hommes et femmes. Ils se souviennent. Ils font comme les enfants en maraude qui se collent contre la grille de la maison seigneuriale pour apercevoir un coin du verger dont on les a chassés. Les jeunes, eux, veulent voir le futur, ce qui revient au même, comment c'était avant, comment ça sera après, à la fin, à la fin des hommes. Tous ont sous les yeux un paysage de science-fiction. Comme si la zone n'avait pas seulement une réalité spatiale, mais temporelle. Il faut imaginer quelque chose comme une écharde enfoncée dans la pâte molle du temps, quelque chose qui affole les indicateurs, passé avenir présent démesuré, les calendriers qui débloquent, de l'autre côté du pont le temps s'étire *sine die*, on compte en millions d'années.

Je vois cette nuit-là les arbres se refléter dans le visage de ma mère, et les ombres des oiseaux qui filent sous sa peau, serrés comme du fretin pris en chasse. Peut-être que les gens vont à Martinovichi pour se mettre en danger ? Par goût du risque ? Pour se sentir vivants… Les amoureux peut-être, pour se désirer mieux avec la mort qui rôde, ici au coin du drap posé sur l'herbe, ou là, sous cette pierre, et encore un peu plus près, accrochée aux absinthes touffues… Tchernobyl, au pont de Martinovichi, c'est beau comme cette toile de la Renaissance italienne qui me fascinait déjà quand j'étais gamine. Le nom du peintre, je ne sais pas. Le tableau est à New York, je ne l'ai jamais vu que sur le catalogue que mon grand-père avait ramené d'Amérique, le seul livre d'art qu'ils aient jamais possédé, ma grand-mère et lui, rangé dans un tiroir. Il représente une Vierge à l'Enfant, magnifique, très blanche et richement parée, on reste saisi de tant de splendeur. Rien que sur la reproduction, l'œil est charmé, il revient sans cesse au visage de la Vierge et à l'or de ses cheveux et au bas du tableau à droite, sur la margelle en marbre à laquelle elle s'appuie, il y a de l'or aussi on ne se méfie pas, c'est une poire splendide avec des feuilles à tortillons, ces tortillons surprennent un peu, ce n'est pas encore de l'inquiétude mais, et d'un coup on voit la mouche, la mouche comme le reste peinte avec délicatesse, le noir brillant du thorax, les ailes diaprées.

Posée comme un bijou sur le marbre, mais une mouche.

Cette nuit-là, debout pieds nus devant la porte entrouverte de la chambre où ma mère dormait seule, je me suis mise à saigner du nez. Sans raison apparente, abondamment. J'en ai vite eu plein la main droite, j'ai essayé de m'essuyer, et sur la chemise de nuit. J'ai déporté la tête sur le côté, le sang gouttait maintenant sur le carrelage, très rouge, écarlate. Du sang qui n'avait jamais vu le jour, sur la faïence il perlait joliment, du sang dehors qui aurait dû être dedans, puis la voix du père, essoufflée, il faudrait du coton, ça t'arrive souvent ?

## Ioulia

Maintenant que la zone était élargie à trente kilomètres, on disait à Kiev que les évacués ne tarderaient pas à arriver en masse pour être relogés. Ce n'était pas une bonne nouvelle. Des familles qui attendaient depuis des mois, voire des années, qu'on leur attribue un appartement reculaient sur les listes. Mon chef en était malade. Il ne pouvait pas ouvertement critiquer la priorité donnée aux habitants de la zone d'exclusion, c'était un brave homme et un bon communiste, mais il pensait mériter le petit deux-pièces auquel sa femme et lui aspiraient depuis la naissance de leur fils, qui avait maintenant deux ans et faisait de l'asthme dans l'ancien débarras qui lui servait de chambre.

– Ioulia, vous avez du retard dans vos recensions. Ne me faites pas regretter d'avoir appuyé votre affectation au fonds français.

Toujours le même refrain. Je filais sans répondre à ma table et reprenais le travail en cours, lecture des périodiques, compte-rendu et traduction des articles importants, avis éventuel sur le caractère potentiellement idéologique des publications recensées. Je savais qu'il reportait sur moi sa frustration. Il avait du mal à accepter que le travail de Petro nous permette d'être logés décemment en centre-ville. Il y voyait un passe-droit, et malgré tout la preuve que le système était corrompu.

Un jour que la lecture des *Izvestia* l'avait rendu particulièrement irritable – quatre-vingt douze mille évacués environ selon le vice-président du Comité exécutif du Soviet de la ville de Kiev, dont chacun avait reçu une indemnité en espèces, des articles à crédit dans les établissements de commerce et des bons de séjour gratuit pour des centres de cure et des maisons de repos – mon chef ironisa sur la bonne idée qu'aurait le Parti de redistribuer aussi nos postes à ces malheureux de Tchernobyl. Je pensai à Vassyl et Ludmila, dont nous n'avions aucune nouvelle, mais ne bronchai pas. Ma collègue par contre, dont la belle-famille avait été déplacée dans un district à cinquante kilomètres à l'ouest et espérait être relogée à Kiev, osa lui répondre qu'il devait être mal informé pour prendre ainsi les choses à l'envers. Ces gens avaient tout perdu. Il ne leur restait que la chance d'appartenir à un pays qui n'abandonnait pas les siens. Mon chef se le tint pour dit, mais je savais que personne ne l'empêcherait de penser que ces zonards étaient des privilégiés.

Le 9, Petro a téléphoné. Il avait été affecté au nettoyage des véhicules qui effectuaient les opérations de reconnaissance dans la zone. Équipé d'un masque en tissu, il lavait du matin au soir, à grand jet, les roues contaminées des camions. Il demandait à tous les conducteurs s'ils connaissaient Vassyl, qui en tant qu'opérateur du bloc 3 avait dû être dans les premiers mobilisés, et qu'il s'était mis en tête de retrouver. Tous répondaient non, sans trop réfléchir il est vrai, éreintés par leur face-à-face avec l'atome – devant eux la carte dessinée à la main sur laquelle le copilote a rapporté les mesures effectuées par le dosimétriste, trente secondes pour afficher à hauteur de taille la radioactivité de l'air, puis à hauteur d'herbe la radioactivité du sol –, soucieux aussi d'arriver à la base avant la fermeture des douches.

Il avait l'air en forme, un peu ivre peut-être, il avait fêté la Victoire, celle de la Grande Guerre patriotique contre l'Allemagne fasciste, celle des radiations contre le réacteur n° 3 de la centrale Vladimir Ilitch Lénine. Tout était terminé, tout allait bien. Le cratère était fermé, la vodka gratuite. Ils étaient nourris, blanchis. Des vêtements neufs tous les soirs, après la douche. Ils téléphonaient à leurs femmes et fanfaronnaient à tour de rôle devant les camarades.

Plus tard il m'avouerait qu'ils avaient hâte de rentrer chez eux, mais que la relève ne venait pas. Qu'un qui ne voulait pas retourner au pied du réacteur s'était pendu derrière la cantine. Que d'ailleurs personne ne refusait. Si tu n'y allais pas, un autre irait, et pourquoi lui plutôt que toi ?

Les reportages s'étaient multipliés à la télévision. On récoltait des oignons dans un kolkhoze du Sud. Les arbres étaient en fleurs. Les ouvriers qui avaient travaillé à la centrale jouaient aux échecs dans un sanatorium. Le 10, cratère fermé, vodka gratuite, furent enfin diffusées les premières images du combat livré contre l'atome par les liquidateurs. Le journaliste exaltait le courage de ceux qui risquaient leur vie pour protéger la population. À l'écran se succédaient des plans d'hélicoptère à l'intérieur desquels on chargeait des sacs de sable et de béton.

J'avais du mal à croire que Petro était là-bas. Je me répétais que là-bas c'était à cent kilomètres de la maison seulement, dont trente du mauvais côté de la barrière, de l'autre côté du monde.

Embrasse Zoïa, m'avait dit Petro, nous sommes bien heureux d'avoir une si jolie petite fille.

## Lucie

Dans mes souvenirs, voilà comment ça se passe : à sept heures et demie mon père a pris son petit déjeuner, il nous embrasse et va se coucher en nous souhaitant une bonne journée.

La nuit il court. Il sort après le film. Dehors il ne croise personne et c'est un avantage, de n'avoir pas à s'expliquer, d'avoir le silence avec soi. Il fait toujours le même trajet, il pourrait courir les yeux clos, la mer d'ailleurs le guide, et l'odeur du chantier, qu'il capte à mi-parcours. Fer chaud, poussière, huile et acide, arrière-goût de mer. Il s'en tient à l'odeur, ne veut penser à rien. Il longe le chantier sans lui accorder un regard, comme s'il courait non pas le long d'un mur, mais d'une falaise. Ou d'une faille. Les trente hectares de bâtiments rendus à la mer, engloutis, les souvenirs nécrosés avec, d'où émergent quelques noms seulement, les quatre chiffres et la lettre majuscule qui composent son numéro de marron, un ouvrier en gloire ruisselant de poussière sur le seuil de la tuyauterie. Il court pour oublier l'angoisse, il s'astreint à compter ses foulées, il souffle fort et se rappelle comme il aimait plonger en apnée, plus jeune, à l'époque où son père l'a fait rentrer, descendre à bout de bras le long de la chaîne des corps morts, puis une fois au fond se retourner sur le dos pour regarder vers la surface et comme tout était flou au-delà. Il court.

C'est un rythme comme un autre. La maison est d'un calme remarquable. Nous avons pris l'habitude de chuchoter en attendant l'heure où mon père se lève, nous marchons sans bruit à travers le grand salon pour regagner nos chambres, j'utilise mon walkman pour écouter *Forever Young*, mon petit frère a installé ses Lego sur une couverture pour amortir le bruit des briques chutant lors d'explosions gigantesques dont les seuls survivants sont les membres de la famille calfeutrée dans le bunker multicolore que nous avons mis au point ensemble, et qu'il refuse depuis de modifier.

Ce silence nous convenait, finalement. Même ma mère, la journée du 8 mai qu'elle passa à la maison pour cause de jour férié, s'en accommoda. C'était, dit-elle, comme partir en voyage. Le salon silencieux découvrait d'autres possibles, dessinait des horizons différents. On y suivait des chemins invisibles, des sentes de prairie. Il n'avait jamais été si vaste. Nous avions atteint une sorte d'équilibre. J'aurais bien aimé que tout s'arrête. Pourtant, même sur fond de steppe, la vie continuait.

Lundi 5, après les cours, je suis allée chez Sam. Il m'a présentée à sa mère, qui était au chômage et malade et ne s'est pas levée quand je l'ai saluée. Il habitait avec elle la plus petite maison que j'aie jamais vue. Trois pièces et une salle d'eau. Sam était plus vieux que je ne croyais. Il avait vingt-deux ans. J'ai eu une pensée pour Gloria qui considérait que les garçons de moins de vingt ans étaient tous des gamins. Ça m'a flattée, son âge. Et je le trouvais très beau. Vénéneux comme le chanteur des *Clash*. Maigre, agité, langoureux comme lui. Les yeux brûlants, la bouche moqueuse sur des dents gâtées. Mais je n'étais pas à l'aise. J'avais l'impression de briller, dans leur intérieur miteux. Les Mercedes étaient garées à deux rues de là dans l'entrepôt de mon grand-père, et j'étais sûre que ça se voyait. Quand il a fermé la porte de sa chambre, je suis allée tout de suite à la fenêtre, dont les volets étaient entrebâillés. Il m'a dit qu'il ne les ouvrait jamais car sa mère craignait la lumière. Et quand elle n'est pas là ? j'ai demandé. Elle ne sort pas, il a répondu. Il est venu près de moi et nous nous sommes embrassés, comme ça, debout, pendant longtemps, puis j'ai dit que je devais rentrer.

Mardi 6 nous avons eu contrôle en économie. Je l'ai raté parce que je n'avais pas pu apprendre mes tableaux, empêchée de patins à roulettes (j'avais fait un test : malgré l'épaisseur du caoutchouc, le grondement des patins sur le carrelage était assourdissant maintenant qu'il n'y avait plus un bruit dans la maison). Sam m'attendait au portail du lycée. Il avait passé là l'après-midi, ne sachant pas à quelle heure je sortais.

– Tu ne travailles pas ?

– J'ai pris ma demi-journée.

Il a souri. Quand il souriait, j'avais envie qu'il m'embrasse, alors je n'ai pas dit que ça me gênait un peu, qu'il soit là, tous les autres à le regarder, et que je ne voulais pas qu'il pose des demi-journées pour moi. Il m'a raccompagnée en voiture et quand je suis descendue il m'a appelée princesse et j'ai eu honte, parce que les princesses, ce n'est pas mon truc.

Mercredi 7 mon petit frère a été pris d'angoisse après la douche. Il a surgi dans ma chambre, tout nu, tout mouillé, en hurlant à voix basse qu'il ne séchait pas. Qu'est-ce que tu racontes ? j'ai chuchoté.

– C'est Tchernobyl ! Je ne sèche pas ! Regarde !

Il me tendait la serviette. Je l'ai prise, l'ai enroulé dedans comme quand il était vraiment petit et que ma mère me demandait de le sortir du bain, et j'ai frotté aussi vigoureusement que j'ai pu. C'est vrai que ce n'était pas très efficace. Sa peau était humide, on aurait dit qu'il transpirait.

– Tu vois !

Il roulait des yeux et gardait la bouche ouverte.

– D'où sors-tu cette serviette ? Elle est neuve, c'est pour ça qu'elle sèche mal ! Prends-en une sous la pile !

Mon petit frère est reparti vers la salle de bain aussi furtivement qu'il était venu, à moitié convaincu.

Jeudi 8 je regardais avec mon père le journal de vingt heures sur la 2 quand le téléphone a sonné. Ma mère a décroché et m'a tendu l'appareil d'un air contrarié. C'était Sam. Il voulait passer. Évidemment c'était hors de question. Il ne comprenait pas. On ne s'était pas vu depuis deux jours, il voulait m'embrasser, il m'avait acheté des cadeaux, une robe courte, magnifique, rouge et d'un grand couturier (j'imaginais la tête de mes parents), un bijou fantaisie en forme de libellule, un cahier. Je répondais par monosyllabes sous le regard furieux de ma mère, quand on est poli on ne dérange pas les gens chez eux après le repas du soir, et c'était quoi ce type. J'étais tentée de mettre fin à la communication, parce que l'appel commençait à durer et que même mon père me jetait des coups d'œil, mais j'avais peur que Sam débarque si je n'arrivais pas à le convaincre qu'on se verrait le lendemain. Quand j'ai enfin pu raccrocher, Hans Blix, dépêché à Tchernobyl par l'AIEA, l'Agence internationale de l'énergie atomique, affirmait que la situation était stabilisée. Pourtant l'incendie n'était pas complètement éteint et des centaines de personnes évacuaient la région. Les trains pour Moscou en provenance de Kiev étaient bondés, on essayait d'éloigner les enfants des radiations. Un homme était mort à l'hôpital, portant à trois le nombre officiel des victimes de l'accident. Trois morts? La fin du monde, et trois morts seulement? D'ailleurs c'était jour de marché à Strasbourg. En Allemagne on avait pris des précautions avec le lait, la viande, les légumes verts. On avait rentré les vaches. En France par contre les radiomètres des casernes de gendarmerie alsaciennes étaient restés muets. Pas de nuage de notre côté du Rhin. Je scrutais le visage du présentateur. Il avait l'air sérieux.

J'ai demandé à mon père si à son avis le délégué syndical avait parlé de Tchernobyl. Il a dit qu'il y avait peu de chance. Que la CGT était bien trop proche du PC. Que de toute façon c'était fini, la solidarité internationale, qu'aujourd'hui c'était chacun pour soi. C'était quand, le dernier jour du monde d'avant? j'ai demandé encore. Je n'ai pas eu de réponse.

## Ludmila

Il faut quatorze jours aux rayons pour tuer. Dans les minutes ou les heures qui suivent l'irradiation apparaissent les premiers symptômes, essentiellement digestifs ou cutanés. Vient ensuite une période de latence, pendant laquelle le patient peut se croire guéri, et ses proches s'étonner de ce qu'on ne le laisse pas quitter l'hôpital. La troisième phase est potentiellement fatale : la moelle osseuse, lésée, n'assure plus la production et le renouvellement des cellules sanguines. La composition du sang est altérée. Le corps lâche.

Le corps de Vassyl. Le corps aimé.

Vassyl plus grand que les autres, aux muscles plus saillants. Mon Dityatin à moi. Vassyl dont j'étais la femme. Il pourrissait de l'intérieur. Sa chair était rongée par une bête invisible, rongée jusqu'aux os. Les organes lâchaient les uns après les autres.

Mon amour. Un reste d'homme.

J'ai essayé de joindre mes beaux-parents, qui avaient été déplacés. On m'a conseillé d'envoyer un courrier à Skazocnyj, d'où l'évacuation était dirigée, mais je savais que ma lettre n'arriverait pas à temps. J'ai téléphoné. Quand je lui ai expliqué ma situation, la camarade qui s'occupait du regroupement des familles a accepté de me dire qu'ils étaient partis pour Razvazhev, et m'a donné un numéro où appeler. Mais à

Razvazhev je n'ai trouvé personne pour me passer ma belle-mère. J'ai laissé mon nom, et les coordonnées de mes parents.

C'était sans doute mieux ainsi. J'étais seule avec Vassyl et je m'en suis tenue à la ligne que je m'étais fixée le premier jour : ne rien laisser paraître devant lui de mon désarroi, agir en toutes circonstances comme si notre vie d'avant nous attendait à sa sortie de l'hôpital. J'ai continué à préparer le bouillon que j'amenais le matin, familière, obstinée, j'ai continué à apporter le linge, à changer les draps raides de suint. Simplement je n'étais plus sûre que ce soit bien moi, moi en personne, que Vassyl appelait à grands cris. Je suis là, tout va bien, mon nom comme le dernier qui reste, le nom de l'autre, de quelqu'un, hurlé pour se retenir, ne pas basculer, Ludmila ! Les crises se rapprochant, je n'étais plus sûre qu'il me revienne un jour, l'imaginais errant, criant depuis l'abîme le nom de Ludmila pour se rassurer, comme font les nouveau-nés surpris par le silence de la chambre dont les parents ont fermé la porte en catimini. *Ludmila* pour rallier la lumière, nommer la peur qui gagne du terrain, dénoncer la douleur, refuser, refuser la fin.

J'essayais des gestes. Ils rataient tous.

Il fallait trouver des mots.

Tant que j'ai pu, j'ai parlé. J'ai parlé sans interruption, au point de devenir superstitieuse. J'ai parlé du temps qu'il faisait et du bouillon qui refroidissait sur la table de chevet. J'ai parlé de Marina qui visitait Moscou avec son grand-père. J'ai parlé du Dynamo de Kiev remportant pour la deuxième fois la coupe des vainqueurs de coupes, 3-0, face à l'Atletico de Madrid.

J'avais peur que Vassyl meure si j'arrêtais de parler.

Quand je ne savais pas quoi dire, je racontais comment c'était de s'allonger dans l'herbe. Les heures qu'on passait à regarder le ciel.

La fois où nous nous étions perdus en forêt et c'était un chasseur qui nous avait remis sur le bon chemin, demi-tour, camarades ! Et comme nous avions ri après avec ça, demi-tour, camarades !

Il s'était mis à râler. Je m'interrompais, allons allons, attendant que la crise passe, retenant mon souffle, nous deux et la chambre et l'hôpital et Moscou sur le fil de ma voix suspendus. Il est parvenu longtemps à contrôler la douleur, à donner le change. Puis les râles n'ont plus cessé. Alors j'ai continué à parler dans ma tête, pour ne plus les entendre (sinon il aurait fallu crier). Il n'était pas question que je m'interrompe. Personne ne m'interrompait jamais.

# Ioulia

J'ai entendu Zoïa répondre à sa copine, qui lui demandait pourquoi elle ne partait pas pendant les vacances, maman ne veut pas, d'un air désolé. Quand je lui en ai parlé, elle m'a appris qu'elle était la seule de sa classe à rester à Kiev cet été. Elle m'a fait cette confidence d'un ton léger, sans interrompre son coloriage. J'ai senti qu'elle trouvait ça injuste. Pourquoi sa mère l'empêchait-elle d'aller respirer le bon air de Crimée avec des camarades de son âge ?

Le soir j'ai téléphoné à Kharkov. Je savais que mes amis logeaient, en plus de leurs parents à tous les deux, les enfants de leurs frères et sœurs. Bientôt Zoïa n'irait plus à l'école. Je ne pouvais pas la garder enfermée toute la journée. Nous avons convenu que je l'accompagnerais, puis rentrerais à Kiev en leur laissant ma fille.

La joie de Zoïa quand elle l'apprit me confirma que j'avais fait le bon choix. J'avais été égoïste. Mais la nuit qui précéda notre départ, je fis un rêve qui faillit me dissuader d'aller à la gare. Je rêvai que je me promenais dans les rues d'une belle ville, poussant dans un landau Zoïa redevenue petite. Il faisait chaud, je cherchais l'ombre. Je m'éloignai des habitations et entrai dans la forêt. Je baissai la capote. Mon bébé souriait aux feuillages. D'un coup, la pluie. De grosses gouttes éparses, extraordinairement lourdes. De l'eau lourde (et les rêves sont puissants, qui donnent les mots, car l'eau lourde, je ne savais pas ce que c'était, à l'époque). Je voyais les maisons au loin, l'espace à découvert qu'il me fallait franchir pour nous mettre à l'abri. J'avais très peur de perdre mes cheveux. Mais d'abord le bébé. Relever la capote, fixer sur la structure métallique la toile plastique qu'on avait prise pour s'asseoir dans l'herbe, regarder autour de soi fébrilement dans l'espoir d'apercevoir une grotte, une anfractuosité, une chapelle. Il pleut fort maintenant. Je sors de la forêt, cours sur la route vers la première maison. Le vent souffle et je sais, je sais que la pluie est radioactive, j'ai peur que mes cheveux tombent.

Je me réveillai terrifiée, persuadée que les longues mèches que je sentais sous mes doigts, étalées sur l'oreiller, s'étaient détachées de ma tête pendant mon sommeil. Qu'elles allaient rester sur le drap si je me levais trop brutalement.

## Lucie

Presque une semaine que mon père se levait un peu avant que ma mère ne rentre, pour préparer le repas. On aurait dit que c'était lui, l'adolescent. Il traînait au lit le temps de se réinventer une vie.

Le gars de la CGT est repassé. À ma mère en quittant la maison il a eu l'air de dire qu'avant l'été les chantiers auraient déposé le bilan. J'ai compris que le tour de mon père était arrivé. Je connaissais par cœur l'alternative, aussi abstraitement formulée que mes cours d'éco : congé de conversion de deux ans payé à soixante-dix pour cent avant licenciement ou capitalisation de deux ans de salaire à soixante-dix pour cent et licenciement immédiat.

La plupart des copains de mon père avaient pris le congé, ça les inquiétait tous, tout cet argent d'un coup. Mais au bout des deux ans ? S'il n'y avait rien, au bout ? Est-ce qu'au contraire il fallait se lancer, investir ? Certains ouvraient un commerce, rachetaient un bar-tabac, s'essayaient à la restauration. Mon père ne se sentait pas de risquer l'équivalent de deux ans de salaire, même amputé de trente pour cent. En même temps, il ne savait plus vraiment ce qu'il avait à perdre.

Est-ce qu'il se souvenait être sorti dans la rue cinq ans auparavant, au soir de l'élection de Mitterrand ? Je le revoyais, hurlant, klaxonnant, débattant passionnément avec mon grand-père au-dessus des petits oiseaux sans tête dominicaux. Ma mère philosophe, on est en France, papa, pas en URSS. Ma grand-mère qui me donne ses croûtons imbibés du suc des oiseaux, on les a bien, ici, les communistes, y sont pas pire que les autres. J'étais gamine et très fière d'être la fille de mon père. J'aimais l'entendre se lever avant nous et quitter la maison pour aller embaucher. Sept heures l'hiver, six heures l'été, je me réveillais exprès pour l'écouter partir. Je ne comprenais pas que ma mère ne se lève pas avec lui. En cachette parfois je me postais à la fenêtre pour le voir disparaître dans la rue, lâché dans le monde. Mon père était un héros. Il croyait à son métier et à une société meilleure. Il avait gagné les trente-neuf heures, la cinquième semaine de congés payés, l'abaissement de l'âge de la retraite à soixante ans, la hausse du SMIC, l'abolition de la peine de mort. Et si c'était la petite, hein, qu'on te tuait ? râlait mon grand-père en s'enlevant de la bouche deux petits os d'oiseaux, c'est pas les Américains qui feraient une connerie pareille ! Mais je voyais bien que mon père avait raison. Tous ses amis pensaient comme lui. Il fallait faire confiance aux travailleurs, à leur imagination, à leur compétence.

On ne se doutait pas.

On ne doutait de rien.

La vie, ici, les chantiers la donnaient, les chantiers la prenaient. Après le travail, foot avec le chantier. Les week-ends, avec le chantier. Les mercredis des gamins aussi. Les vacances à la neige. Les meubles. La télé. Noël, arbre et prime. On pouvait en avoir marre, mais c'était comme ça : tout venait des chantiers. Même si chez nous c'était un peu différent : mon père n'aimait pas le foot, ma mère était commerçante, surtout il y avait mon grand-père, l'Amérique, et les sorties en Mercedes.

Le soir du 10 mai 86, mon père, tennis aux pieds, déchire sa carte du syndicat. Déchire sa carte d'électeur. Il ne veut plus entendre parler de personne. Il n'a plus envie de voir les copains. Il tire un trait sur les chantiers. Il court.

Il court et à chaque pas s'éteint, se coupe de ce qu'il était, on écoutait, on votait, on suivait, la majorité. On était en gris et les chefs en bleu. On était fier de porter le gris. On savait d'où on venait, on était tous pareils, et c'était rassurant. Une deuxième famille. Plus de quatre-vingt-cinq pour cent à voter. La section. Les gars qui étaient au PC, ceux qui n'y étaient pas. Les prêtres ouvriers. Les vieux aux postes les moins fatigants en attendant l'âge de la retraite. Les jeunes qui commençaient matelots et apprenaient des anciens. Les assemblées à l'heure du casse-croûte, de huit heures vingt à huit heures trente. Les tracts entre midi et deux aux portes de la direction. Les discussions dans les vestiaires avant de monter à l'étage, où étaient les chefs.

Il court, les vestiaires étaient pourris, mais on était chez nous. C'était les seuls moments où on se racontait un peu. Le film de la veille. Nos femmes.

Il court, chaque fois que j'ai pu me battre, je l'ai fait.

Il court, j'ai vu le chantier, quand la CGT demandait un mouvement de grève, personne ne rentre, j'ai vu, le chantier, pas un chat, fermé.

Il court, c'est fini, chacun pour soi, chacun son crédit à payer, on pouvait pas le croire, nous ouvriers, que les chantiers fermeraient un jour. On y est.

## Ludmila

À l'hôpital n° 6 après chaque décès on décontaminait la chambre. Des soldats s'en chargeaient. Je les haïssais. J'ai tout fait pour qu'ils n'entrent pas. Je suis restée jusqu'au bout.

Jusqu'au bout, j'ai parlé. Tu te souviens, Vassyl, de notre rencontre ? C'était il y a six ans. Seulement ! Tu te rends compte, tout ce que nous avons vécu en six ans ! C'était l'été et Moscou avait été vidée de ses habitants pour les Jeux Olympiques. J'étais à Kiev chez Anja. Nous discutions tard le soir, toutes les deux, de ce que la vie nous réservait. Anja voulait être journaliste. Moi je voulais juste trouver un mari. J'ai toujours su que ce serait le plus important pour moi, dans ma vie, avoir un bon mari. Pour Anja je manquais d'ambition, et nous les femmes devions nous battre pour être des hommes à part entière, soviétiques bien sûr. Elle me faisait rire avec ça. Nous suivions les épreuves sportives à la télévision grâce à un voisin qui l'avait installée dans la cuisine commune. Son fils était étudiant comme nous, et il a invité deux copains le jour des épreuves de gymnastique. Tu te souviens ?

Est-ce que c'est à cause de ça ? J'ai toujours trouvé que tu ressemblais à Alexander Dityatin. Tu es grand comme lui, tu as les mêmes cheveux châtains, le même sourire…

Vassyl ?

Vassyl, si tu m'entends… Sois sûr que tant que je te parle, tu n'es pas mort. Est-ce que tu te souviens quand tu es venu jusqu'à Moscou demander ma main ? Je t'attendais à la gare. C'était le début, nous deux, pas vrai ? La vraie vie ! Vassyl ? Et si je chante, est-ce que tu te réveilleras ?

Les infirmières sont entrées dans la chambre et je me suis laissé faire, je chantais à tue-tête, elles m'ont poussée dehors gentiment, allez, c'est fini, là, là. Ma mère est venue me chercher. J'ai tenu jusqu'à l'enterrement. Le cercueil était en plomb. Les soldats ne voulaient pas que j'entre dans le cimetière, je n'ai pas bougé, ils n'ont pas insisté.

Après, je suis restée couchée pendant plusieurs semaines et ma mère s'est occupée de moi comme d'une très petite enfant. Et quand je me suis levée, j'étais une autre. Même mon visage avait changé. Vassyl a emporté mon visage de femme aimée.

Il n'y a pas si longtemps, Ioulia m'a rendu visite dans mon nouveau logement à Slavutich. Elle m'a trouvée comme à l'hôpital en ce mois de mai 86, assise les poings faits, avec le regard éraillé de qui parle à soi-même.

Évidemment qu'il ne reviendra pas.

Slavutich à l'aube est sinistre. Elle ressemble à une station lunaire, une ville créée spécialement pour que les hommes s'habituent à vivre dans l'espace. Slavutich, baroud d'honneur de l'Union soviétique, construite en face de Prypiat, de l'autre côté du Dniepr. Comme s'il était possible d'oublier, d'avoir le dernier mot. En fait personne ici n'oublie rien, sinon de compter : pour chaque cadran d'horloge, il y a un panneau lumineux où s'affiche en temps réel le taux de radioactivité de l'endroit où l'on se trouve. Mais il faut bien vivre. Et surveiller l'atome. Ce que les gens ne supportent pas, c'est d'être inutiles. Dans le train du matin, ils ne se posent pas de questions.

Ce n'est pas un problème.

Il ne reviendra pas. Ni Vassyl, ni le bon vieux temps. Des huit provinces socialistes qui ont travaillé à la construction de Slavutich, combien aujourd'hui sont tirées d'affaire ? Est-ce qu'on y vit mieux qu'avant ?

Je ne me laisse pas distraire.

## Vassyl

Je suis Vassyl-les-yeux-clos. J'étais un type bien. Je suis un héros. *J'ai tout donné à la vie.* D'un certain côté, je n'ai pas eu le choix, je suis mort en homme rouge. Mais je n'aurais pas davantage le choix si une nouvelle catastrophe se produisait. Qui ne donnerait sa peau pour ses enfants ? Qui refuserait de se jeter dans la gueule du monstre pour que les gamins puissent continuer à jouer alentour, ou pas trop loin des terres qu'on a labourées pour eux ? Qui n'irait pas ? Je ne vois pas pourquoi mourir sinon.

Je suis Vassyl-les-yeux-clos et je fais semblant d'être mort. Ils croient me tenir dans leur cercueil plombé, mais je suis déjà loin. Je pédale le long de la Prypiat, sur le vélo de mon père. Je m'étends dans l'herbe au bord de la rivière et je passe des heures à regarder le ciel. Je marche dans les bois. La lumière, l'odeur des mousses et des champignons, la douceur des feuillages nouveaux, tout m'attire. Je crève dans ma bouche, entre mes dents, la poche sombre des myrtilles. Je les écrase entre pouce et index, je m'en barbouille. Dans notre appartement abandonné, les patates cuisent dans l'eau épaisse en lâchant des rots sonores. Je vide les réserves de vodka. J'éparpille les photos. Je saccage, je saccage, c'est ma manière à moi de profiter. J'abîme ce dont je jouis. Je suis tout abîmé.

Je ne rendrai pas ma femme. Elle est belle, elle a cette manière d'être, d'agir, comme si tout était important, réclamait une attention particulière. Se coiffer, cuisiner, tenir son ménage, écouter son mari, attendre au magasin pour un produit qui vient d'arriver, elle est tout entière à ce qu'elle fait. Tellement sérieuse. Elle n'imagine pas une autre vie pour elle que celle qu'elle menait. Tout est pour le mieux. Elle sourit avec sérieux. Reçoit avec sérieux. Aime sa famille avec sérieux. Un mélange de naturel et d'application qui ne laisse pas les hommes indifférents. J'ai pris avec moi son visage aimé.

Moi, Vassyl-les-yeux-clos, je suis le premier des revenants. À Tchernobyl les pommes sont plus rouges et appétissantes qu'ailleurs dans la main des vieilles femmes à fichu, et en haut des tours les fuseaux oubliés endorment très sûrement ceux qui s'y piquent. Je prédis que leur sommeil durera quatre cent trente ans et que Prypiat bientôt disparaîtra sous les ronces.

Ma femme s'y est piquée.

Elle aura des trous de mémoire. Elle oubliera le nom de sa rue, se trompera d'étage. Elle réussira à dissimuler ces troubles un certain temps. Marchera l'air de rien en attendant de se souvenir, puis aura l'idée d'inscrire son adresse sur un petit carton qu'elle gardera sur elle. Elle oubliera son étage. Prendra le temps de consulter les boîtes aux lettres pour être sûre de s'arrêter sur le bon palier. Elle oubliera son nom. Elle s'assiéra sur les marches de l'entrée, à l'extérieur, pour réfléchir. Que restera-t-il d'elle ? Vassyl. Vassyl et Ludmila. Elle sera sauvée. Sur le petit carton, elle ajoutera notre nom, et personne ne s'apercevra de rien jusqu'au jour où, mettant à chauffer le thé sur le samovar, notre fille l'entendra claquer la porte et demander d'une voix étonnamment jeune, Vassia ? Tu es rentré ?

– À Tchernobyl, ils sont tous morts.

Zoïa regardait sans rien dire le jeune garçon. Je m'étonnai :

– Qu'est-ce que tu racontes ?

– Y'a plus personne, là-bas !

– C'est parce qu'on ne peut plus vivre à côté de la centrale, alors tout le monde est parti…

Zoïa tourna les yeux vers moi, attendant que je développe. Elle avait beaucoup grandi ces derniers temps. Comme je ne terminai pas ma phrase, elle échangea avec le garçon un regard éloquent, je t'avais dit qu'on n'en tirerait rien, et ils filèrent retrouver les autres enfants.

Je rejoignis les adultes sous le vieux pommier. Les femmes s'éventaient et tressaient distraitement, du bout des doigts, des tiges de fleurs des champs, les hommes fumaient jambes écartées, on aurait pu croire à une partie de campagne. Mais toutes les personnes rassemblées sous l'ombrage du pommier (un pommier vénérable soutenu par des étais et qui donnait encore, bon an mal an, ses trois cents kilos de fruits) se trouvaient directement ou indirectement concernées par ce qui se passait à la centrale. C'était même la raison de leur présence sous l'arbre, et chacun y allait de son commentaire. De l'avis général survenaient dans la zone des choses qu'on pensait impossibles. On y enterrait les maisons, les arbres, la terre même. Cul par-dessus tête. Sens dessus dessous. Le monde à l'envers.

Cette liberté de parole était surprenante pour moi qui venais de Kiev, où nous agissions comme si la meilleure défense contre le nuage était de l'ignorer, et, surtout, de ne pas en parler. En matière de nucléaire comme de politique, moins tu en dis, moins de catastrophes tu es susceptible de déclencher. À croire qu'à Kharkov, la distance aidant, on était moins superstitieux.

Quelqu'un me demanda des nouvelles de Petro. Je dis qu'il avait téléphoné, qu'il était confiant. L'assistance hocha la tête à l'unisson. On évoqua les volontaires qui de toutes les provinces se mettaient en route pour Tchernobyl. Mon amie raconta qu'ils avaient eux-mêmes accompagné la veille à la gare un de leurs camarades de l'École des beaux-arts. Une femme d'un certain âge ajouta que les mineurs du Donbass, et ceux de Toula, avaient envoyé des délégations. Son mari acquiesça, leurs meilleurs éléments, pour creuser un tunnel de cent cinquante mètres de long entre le troisième et le quatrième bloc, puis une sorte de chambre sous le cœur du réacteur afin d'y amener de l'azote liquide censé consolider le socle en béton de la centrale. Un oncle haut placé avait expliqué que si le socle se fissurait, le graphite en fusion entrerait en contact avec la nappe phréatique. On pronostiquait. L'explosion thermonucléaire qui s'ensuivrait vaudrait vingt Hiroshima. Minsk, à trois cent vingt kilomètres de Tchernobyl, serait rasée. La vie en Europe serait insupportable.

On devisait sous le pommier.

Et tandis que j'écoutais sans rien dire, doucement tirée vers le sommeil par les cris des enfants qui passaient en courant au large de notre petit groupe, grandissait à l'ombre du pommier l'image de jeunes gens héroïques, dont la levée nombreuse, constante, donnait *in extremis* au monde la preuve que le communisme n'était pas mort. Ou plutôt qu'au moment de mourir encore il avait un goût d'idéal.

Comment imaginer le printemps ukrainien quand on vit à Toula, à mille kilomètres au nord de Tchernobyl ? Voilà ce qui m'occupait. En mai là-bas il y a encore de la neige, tout est noir et blanc. Apparemment le ministre de l'Industrie minière, parka et chaussures fourrées, s'était déplacé en personne pour demander leur aide aux ouvriers. Il avait peu parlé, dit seulement que le pays avait besoin des meilleurs, compté les volontaires. Deux jours plus tard ceux-là étaient au travail et suaient à grosses gouttes sous leur vareuse légère. Ils creusaient à un rythme infernal, douze mètres sous terre, pour avancer de treize mètres par jour. Ils entraient deux à deux dans la galerie, poussant les wagons, en blanc tête baissée entre leurs bras tendus. Ils se jetaient dans la fournaise. La radioactivité, ils ne savaient pas quoi en penser, mais la température, cinquante degrés à l'intérieur du boyau non aéré, ils n'auraient pas cru que ce soit possible. Les tenues de travail devenaient transparentes. On voyait leurs corps sous la toile comme sous la peau à la radiographie plus tard. Ils entraient sans protection (les pseudo-équipements du début tenaient beaucoup trop chaud pour qu'ils les gardent longtemps) et en courant disparaissaient sous terre et certains torse nu, courbés pelle à la main l'un derrière l'autre, calot blanc sur la tête, vider la pelle devant le camarade de droite, poser les rails, remonter au jour, par tranches de trois heures vingt-quatre heures sur vingt-quatre pendant un mois vite vite dans le tunnel, et plus vite encore une fois à l'extérieur, derrière les wagons pleins de sable le corps penché en avant comme des athlètes sous les encouragements du public, pour laisser derrière soi le bruit de la radioactivité, le goût de la radioactivité, la piqûre de la radioactivité qui s'attaque aux yeux et aux mains. Personne ne les a informés des risques qu'ils encourent, mais je suis sûre qu'ils savent. D'ailleurs les dosimètres claquent si fort que les machines ne tiennent pas le coup. Les robots (les robots allemands même) tombent en panne et se jettent dans le vide. Seuls l'homme, et la pelle, et la main, quand la pelle n'est pas commode.

On a souvent dit, après coup, que l'Union soviétique finissait là, à Tchernobyl. Mais seule l'URSS, l'utopie qu'elle représentait encore, pouvait demander à cinq cent mille hommes de donner leur vie (*il fallait le faire* diraient les survivants, sans esquisser un geste pour essuyer les larmes sur leur menton).

Donner sa vie, on meurt pour moins que ça.

Un vent coulis souffla sous le pommier et dispersa l'héroïque cohorte. Propagande, grogna un des hommes. On leur promet monts et merveilles, une voiture, une datcha, un appartement à Moscou, c'est pour ça qu'ils y vont. Et les plus vieux parce qu'ils espèrent gagner assez pour mettre leur famille à l'abri.

De toute façon la plupart de ceux qui sont là-bas n'ont pas le choix. C'est ça ou la prison.

Les paupières me brûlaient, je clignai des yeux plusieurs fois. Les figures des jeunes guerriers s'étaient regroupées, très pâles, en lisière d'ombrage. Un pas en arrière encore et le soleil de mai n'en ferait qu'une bouchée.

Mais cet étudiant à l'École des beaux-arts de Kharkov que mes amis avaient accompagné à la gare? Mais les mineurs de Toula? Les hommes tiquaient un peu, les femmes chassaient de la main des guêpes imaginaires, il me semblait voir grandir l'ombre de l'arbre et se dessiner sur l'herbe les vastes contours de mon pays.

## Lucie

Ça ne pouvait pas être vrai, il n'y avait pas d'images. Toujours la même carte d'un autre temps, aux contours sommaires, les mêmes croquis simplistes, l'unique photo grisâtre. Rien qui nous oblige à regarder en face l'entrée du gouffre.

Qui pouvait être assez bête pour croire que le nuage s'était arrêté à la frontière ? Disons que c'était important de croire à quelque chose. On en avait tous envie. Avant, au siècle de la peste, la peste noire dont Pagnol donne une description si terrible, on avait la religion. Mais là, rien. Nus et crus face à l'impensable. C'est pour ça qu'on ne voulait pas savoir. Ça permettait de souffler.

À l'époque je ne soupçonnais même pas l'existence des liquidateurs. Pour moi, *les premières mesures d'urgence, l'organisation des travaux pour la « liquidation » la plus rapide de l'accident et la limitation de ses conséquences*, comme plus tard *les opérations d'isolation des blocs numéro 3 et 4*, évoquaient des procédures purement techniques, une gestion exclusivement matérielle de la catastrophe. Je n'ai imaginé à aucun moment que c'était la guerre. Que certains donnaient leur vie.

Autour de moi, les héros éreintés ne sortaient que la nuit. Finies les marches en plein jour poing levé, gorge offerte, les actions d'éclat, les démonstrations de force. Ils se faisaient discrets, affectionnaient les rues désertes et les horaires décalés, couraient sans bruit comme les rats, les rats gros comme le bras du quartier près du port, qu'on tolère tant qu'on ne les voit pas. Une poubelle ou deux renversées passe encore, mais pas d'occupation du site, pas de bateaux non livrés.

En 86, ici et là-bas, c'est la même utopie qui s'effondre. Sauf qu'on était loin des liquidateurs, de ce côté du monde. Eux disaient *nous* encore, quand mon père se rendait compte qu'il allait falloir dire *je*. Qu'il ne restait que ça, un drôle de *je* rattaché à rien, rétréci, sans histoire. Un *je* désengagé qui ne signifiait plus l'appartenance à une classe, *je suis un ouvrier*, mais l'individualisme, *je cours, la nuit je cours, je ne veux pas voir ça.*

Sauve qui peut.

Mon père était clairement du côté des liquidés.

D'ailleurs si aujourd'hui je lui demande, 86, pour toi, c'est quoi ? Il répond, la fin des chantiers.

Il ne se rappelle pas Tchernobyl.

## Ioulia

Dans le train entre Kharkov et Kiev je me suis assise côté fenêtre. La fatigue, ajoutée aux conversations sous le pommier que j'avais d'abord crues inoffensives, mais qui maintenant m'écœuraient un peu, me donnait l'impression de flotter. Je me laissais aller au grondement des rails, songeant que je rentrais seule, qu'à Kiev personne ne m'attendait. Si Christian n'était pas parti… J'inventais une suite à notre histoire. S'il revenait… Je m'endormis pour de bon.

Je rêvais que j'étais dans un train qui m'amenait en vacances, mais longeait un genre de pyrotechnie, avec un grand nombre de chars stationnés. Je voyais des soldats aussi, et en fait c'était un camp, et il y avait des hommes armés et d'autres sur lesquels tirer, il y avait des hommes à genoux et des femmes nues, des qui répondaient à l'appel et avançaient comme si on leur avait brûlé les yeux. De l'autre côté c'était la ville encore, puis les barbelés, le train roulait de plus en plus lentement entre les fils de fer, la voie coupait en deux un camp immense, ou bien c'était un couloir frontalier, on ne savait plus où regarder, ce qu'on ne veut pas c'est voir. Une femme âgée à ma droite se mordait les lèvres, elle avait l'air de croire que le train avait été détourné, qu'ils le faisaient passer par là exprès. Peut-être pour qu'on voie, pour qu'on ait honte ? Pas un moment je ne pensai que ce que la femme craignait, c'était que le train ne nous amène là, au camp. Je croyais que le train le traversait, simplement. Au bout de la ligne d'ailleurs il y avait la pension que nous avions choisie comme destination de vacances, en plan serré parfaite, mais dans la pente des falaises sur lesquelles ouvrent les fenêtres des soldats gisent tête en bas, on bâillonne un groupe d'hommes à quelques mètres du perron. J'espère encore avoir une chambre qui donnera de l'autre côté, je ne veux pas que Zoïa voie ça. On se bouscule pour se faire enregistrer. On sort nos passeports, dans la précipitation les files ont du mal à se former. Par la baie vitrée du hall, il me semble voir la falaise bouger. Elle grouille d'hommes couleur terre agrippés les uns aux autres.

C'est l'envie de vomir qui m'a réveillée. Et quand aujourd'hui on me demande, Tchernobyl, pour toi, c'est quoi ? Je pense, cette peur qui me venait en rêve.

Gare de Kiev, mal remise, j'ai cru reconnaître Daria Ivanovna dans l'escalier au milieu du flot des voyageurs. Je voyais sa nuque, son chignon, un bout d'oreille dont je n'étais pas sûre, elle était à trois personnes de moi seulement et j'hésitai à l'interpeller. Il y avait peu de chances pourtant qu'elle soit restée à Kiev.

Pourtant si c'était elle ? J'ai baissé la tête quand la femme a jeté un coup d'œil par-dessus son épaule. Mon cœur battait si fort dans ma poitrine que ça ne faisait aucun doute : je ne voulais pas qu'elle me voie. J'étais éprouvée par mon rêve, et manquais de courage. Il aurait fallu lui dire qu'elle avait eu raison, pour la centrale, mais dans ce cas que faisait-elle à Kiev ? Et si elle me demandait des nouvelles de Vassyl et Ludmila ? De honte j'ai ralenti un peu, pas plus d'une seconde, et un homme qui portait une lourde valise me l'a balancée dans les jambes. Il a continué comme si de rien n'était.

J'ai boitillé jusque chez moi. Dans l'appartement silencieux, le temps était suspendu. C'était tellement étrange d'être seule. Je restai un moment sur le seuil, sans passer la porte, comme si j'avais forcé la serrure et m'apprêtais à occuper clandestinement les lieux. J'étais tétanisée à l'idée d'actionner par mégarde un système d'alarme qui remettrait la vie en route à mes dépens.

Le surlendemain, Petro a appelé pour dire qu'il ne rentrerait pas tout de suite. Il ne se plaignait pas, se contentait de faire son travail, d'obéir aux ordres. Il n'était pas question d'avoir peur, ni de donner dans le lyrisme. Simplement, il était à présent affecté au nettoyage de la zone. Même si ça ne servait à rien, parce que la poussière enlevée le matin s'était redéposée le soir, il lavait des villages entiers, maison après maison. Il avait lavé la maison des parents de Vassyl, à Varovichi. Sur un des murs, une main ferme avait écrit: *Camarade, prends soin de notre maison, nous rentrerons bientôt.* Tout le temps qu'il lessivait la façade (volets ouverts, mais pas assez de ventre pour regarder à l'intérieur), les deux marches du perron, et la remise derrière, il avait prié pour que le chien se soit enfui, un chien futé et bon pisteur, car l'ordre était de tuer toutes les bêtes, et ça tirait un peu partout, jusqu'aux chats affamés qui venaient se frotter à leurs jambes.

Petro pensait que Ludmila et Marina devaient se trouver avec les parents de Vassyl à Tcherkassy, où ils avaient de la famille. Pour Vassyl lui-même il était moins sûr, mais si ce dernier avait été appelé à la centrale dès le dimanche suivant l'accident, il y avait de fortes chances pour qu'il ait été relevé et les rejoigne là-bas après quelques jours de sanatorium.

Petro parlait et je ne disais rien. Je n'avais rien à dire. Petro et moi, notre vie de famille, c'était fini. J'en prenais acte. Prypiat, les balades en forêt, les soirées chez Vassyl et Ludmila, tout cela n'existait plus non plus. Est-ce que c'était Tchernobyl ? Est-ce que c'était Christian ? Parfois son souvenir me sautait à la gorge et c'était une bête folle poinçonnée à ma poitrine. De ma vie restait la dépouille, la mue seulement.

## Lucie

Sam a proposé une balade à Cassis. Je ne sais pas pourquoi Cassis, ça m'a semblé une bonne idée. Il voulait m'inviter au restaurant, nous sommes montés en voiture comme un vieux couple. Sur l'autoroute j'avais l'impression bizarre de partir en vacances en famille, je me sentais trop jeune pour être à l'avant. La voiture puait la cigarette. C'était dimanche et les Mercedes me manquaient terriblement.

Après le restaurant, nous avons plongé des rochers (enfin moi, Sam comme Gloria restait en jean et en tee-shirt à me regarder, éberlué de me voir d'un coup un corps). Je me suis allongée au soleil et le sel sur mes jambes a fait comme une gangue. Une vraie peau de serpent, il a dit. T'as déjà vu une peau de serpent ? J'ai hoché la tête. Il cherchait le nom. Une mue, j'ai dit. T'as déjà vu une mue ? Parce que lui, il en avait trouvé une, une fois, accrochée à des barbelés. Pendant son service militaire, sur le plateau de Canjuers. Entière, avec les yeux, et tout. Les yeux ? Il n'en démordait pas. Je me suis rhabillée. On est retourné à la voiture et on est rentré sans parler. Un copain lui avait laissé les clefs de chez lui, pour qu'on soit tranquille. Ça tombait bien : maintenant qu'il avait vu mon corps, Sam voulait le toucher. Et moi j'étais d'accord. C'était ma première fois. Ma manière à moi de fêter la fin du monde.

Je suis rentrée chez mes parents en me disant, c'est fait. Enfance, liquidée. Innocence, perdue. Mon corps est à moi, n'est plus à mon père. Au pont de Fabre comme l'autre soir j'ai senti le monde hésiter, la ville se taire, je me suis dit c'est bien, ce silence est aussi le mien, quelque chose de moi est mort et c'est le bon moment, parce que c'est la fin.

Je marchais en me répétant que j'avais fait l'amour, ça se voyait sur les arbres, les murs, dans le ciel ça se voyait et le vent puait que j'avais fait l'amour mais pourtant à la maison personne ne m'a prêté attention. Ma mère écoutait Barbara, mon père s'étirait, assis au bord du lit, et sa barbe piquait quand je l'ai embrassé. Seul mon petit frère est venu me renifler, où t'étais ? Je l'ai éconduit d'un geste de la main, mais il m'a suivie jusqu'à la douche. Qu'est-ce que tu fais, a dit ma mère, on va manger ! Je suis pleine de sable, j'ai répondu, en repoussant mon petit frère pour pouvoir fermer la porte de la salle de bain. Dépêche, a crié ma mère. Puis : c'est prêt ! Je m'observai dans le grand miroir (il prenait tout un mur, et la pièce était noire, j'étais là-dedans comme une figurine en nacre). C'était dingue, que ça ne se voie pas. C'était presque aussi irréel que la fin du monde.

– C'est d'accord.

Petro liquidait. Tout.

En un mois, il était passé de l'autre côté du miroir.

Il avait pourtant eu la chance d'être rappelé rapidement à Kiev, mais pour lui c'était déjà trop tard. Il ne pouvait plus vivre sans ce qu'il avait vu là-bas. Et ce qu'il avait vu là-bas l'empêchait de vivre comme avant. Lui aussi, à sa manière, il ne voulait plus faire semblant. Il était d'accord pour divorcer.

Je n'ai pas sauté de joie, je ne l'ai pas remercié. Nous sommes restés face à face comme deux fantômes, deux figures de papier. En apparence tout était là, du petit orteil au casque des cheveux, des lignes de la main à la butée des dents, mais nous étions des corps morts, des vaisseaux vides, de tristes effigies de nous-mêmes.

Petro devait savoir qu'il était condamné. Pour moi, dans un premier temps, il était juste très fatigué. Il restait couché de longues heures. Debout, il se tenait aux murs. Puis il a commencé à « flotter », jambes molles, marchant dans la rue comme si le sol n'était pas à niveau. Il se sentait faible, avait des vertiges, ne trouvait plus sa place. C'est ce qu'il répétait, éperdu, tâtonnant, je ne trouve plus ma place. Il semblait rentrer d'une autre planète. Le temps n'avait pas passé pour lui comme pour nous autres. Il ne reconnaissait rien de sa vie d'avant et se comportait comme ces maniaques qui entrent dans une pièce et tentent d'y remettre tout en ordre, au centimètre près. Je l'installais droit comme un I dans un fauteuil, le dos calé par des coussins, mais il s'obstinait, tout est de travers ici. Sa peau a commencé à se nécroser. Une infirmière est venue, elle m'a montré comment le soigner. J'ai envoyé Zoïa chez ses grands-parents, et je me suis occupée de lui. Il se moquait, tu vois, ça valait le coup d'attendre un peu, tu vas être bien tranquille. Il était doux, presque apaisé. Il n'avait plus envie de ce monde-là.

D'ailleurs il n'était ni surpris ni amer de ce qui lui arrivait, ce délabrement organisé, méthodique. Il se rappelait les gars quand ils descendaient du toit, se débarrassaient de leurs costumes en plomb et s'affaissaient les uns sur les autres, faibles et mous comme des larves. Les yeux dans le vague, il songeait un moment aux corps des camarades vidés et réduits chacun aux deux taches blanches du masque et du calot. À la merci de n'importe quel prédateur, en tas dans les couloirs.

Le soir de sa mort, il a dit qu'il aimait bien nous imaginer « ailleurs », que c'était une bonne idée d'emmener Zoïa à l'Ouest. Je lui passais un tissu mouillé sur le visage, le cou, le torse, et il a arrêté ma main, tu le feras ? Il cherchait mes yeux, j'ai promis. J'ai compris qu'il avait peur de mourir pour rien. Je n'avais reçu aucune nouvelle de France, mais j'ai promis. Il a fermé les yeux. J'ai quitté la chambre et me suis mise à préparer le dîner. Je pensais à Christian. Tout ce que je faisais pour Petro, c'était en pensant à Christian. Comme si l'amour que je lui portais était une force suffisamment puissante pour que j'accepte que nous soyons séparés, et que ma vie sans lui soit une vie avec lui, souterraine, obstinée, courageuse. Ça ne servait à rien de se demander quand nous nous reverrions et ce qui se passerait alors. Il m'aidait ici, tous les jours, à ne pas perdre de vue la femme que je voulais être : vivante, vibrante, libre. Allume la télé ! a crié Petro depuis le lit. J'ai allumé la télé et mis le volume un peu fort, pour qu'il entende. Quand le repas a été prêt, j'ai voulu le lui apporter, mais il s'était endormi. J'ai reculé sans bruit, tiré la porte avec précaution, mangé seule devant le poste, assise sur le canapé où je dormais aussi. Je n'ai pas osé baisser le son. À un moment pourtant j'ai cru entendre le voisin taper contre le mur, et je me suis levée précipitamment pour tourner le bouton, ça ne s'est pas reproduit. J'ai fait la vaisselle, préparé un peu la pièce pour la nuit.

Je crois qu'en entrouvrant la porte pour m'assurer qu'il n'avait besoin de rien je savais déjà. J'ai vu les pieds d'abord, à hauteur d'oreiller, à la droite du lit. De son côté. Il s'était pendu comme le jeune gars qui avait osé faire défection, là-bas, à Tchernobyl.

Tête basse, bouche ouverte, prêt à se confesser. J'ai crié. Face à lui, j'ai crié, debout, de toutes mes forces, les bras collés au corps comme si j'avais une peur énorme à sortir, une peur qui m'aurait tuée si je la laissais faire. J'ai crié pour le repousser, lui, son corps, l'abîme, et fort et longtemps jusqu'à ce que le voisin vienne et me délivre.

Pendant des jours après j'ai senti la douleur que le cri m'avait fait au côté, pendant des jours j'ai manqué d'air, mais j'avais fait face, j'avais sauvé ma peau.

## Petro

Je suis Petro-tête-basse. La corde m'a rompu les os. J'étais un type bien. Je suis mort tant de fois, ça ne me fait plus peur. Ce qui pend, là, c'est ma peau. Je suis maigre et mon œil est glauque. Ne vous y fiez pas ! Petro-tête-basse a déjà filé entre les herbes hautes.

Je suis parti seul, j'ai laissé ma femme. Elle est belle et blonde et réservée. Son sourire n'est destiné à personne, il fait sur son visage comme l'eau sur le sable. Quand elle est en colère, il file un éclat sombre sur la peau de ses bras nus. Sa peau n'oublie rien. Elle marque facilement, et cicatrise mal.

Je n'ai pas voulu l'emmener. Le drapeau rouge, le prolétariat… Ça sent la fin. Ma femme aura une vie à l'Ouest. Elle habitera en France un village à rivière, une rivière de rien, chétive, mais qui ira au fleuve. Ma femme aime les fleuves. Le soir venu elle observera les aigrettes, les hérons. Les poissons qui s'épuisent à remonter les passes. Elle ne craindra pas les nuages. Pas même les plus noirs que la nuit, les plus mats, les trop hauts pour que la lumière des rues les atteigne, les qui vers l'Est s'évasent, voraces, conquérants, les vieux et qui ont faim, les dragons. Christian l'emmènera faire les magasins. Il achètera un vélo à Zoïa, et un chien. La petite sera bavarde, bavarde… Je ne serai pas mort pour rien.

Je suis Petro-tête-basse et j'ai choisi l'épique. Dans la poche de mon pantalon, il y a un bout de carton rouge, un diplôme d'honneur. J'ai choisi l'épique qui est d'un autre temps, qui ne justifie rien, qui n'explique pas. Je reviendrai me pendre, après avoir parlé. J'ai choisi l'épique qui habite le temps. Je sors par la fenêtre. Je rentre par la porte. Je parle debout.

Au commencement étaient les machines. Les machines étaient féroces, et de métal. Elles étaient aveugles et, pour certaines, bardées de plomb. Les hommes qui les chevauchaient étaient aussi de métal, leurs mains ne tremblaient pas, ils ne pensaient à rien, d'ailleurs on les voyait à peine. Les machines cisaillaient, entaillaient, démantelaient. Elles concassaient, pelletaient, poussaient devant elles d'informes amas qui grossissaient à mesure et basculaient d'un coup dans les gouffres que d'autres machines avaient creusés, des gouffres comme des fosses. Quand les fosses étaient pleines, les mêmes machines les recouvraient de terre et ça faisait des tombes immenses.

Ce qui frappait surtout, en ces jours de douleur, c'était que les machines enfouissaient d'autres machines plus petites, ou moins puissantes, des camions, des tracteurs, des voitures, mais aussi de simples outils, pelles, scies, matériel divers de jardinage, marteaux, clefs, vis, écrous, étaux, des clous et des objets plus inoffensifs encore, des objets familiers, vaisselle, couverts, luminaires, meubles et linges, jouets, tiroirs, rideaux, collections de timbres, armoires, sous-main, calendriers, stylos de toutes couleurs.

Les machines arrivaient au matin, ou la veille au soir, et alors elles restaient muettes, inanimées au bord des fosses jusqu'au lever du soleil. Puis il y avait des cris, des insultes, des insultes et des supplications, des renâclements sonores, mais rien ne les émouvait, et elles poussaient au trou les maisons, les jardins, les routes même. De loin en loin, on entendait au hasard des fracas d'autres machines identiques qui retournaient les arbres et la forêt entière.

Là en tête de harde était une à large gueule qui avait déjà beaucoup servi. Elle abattait les arbres et décroûtait le sol et derrière elle des machines plus petites l'enroulaient sur lui-même en longues rognures tristes et grises comme des écorces, qu'elles balançaient au trou avec le reste, mousses, baies, cadavres d'animaux sauvages enrubannés de zestes terreux.

Le monde touchait à sa fin.

Puis il y eut les hommes. Ils venaient de loin. Ils venaient de l'hiver et c'était le printemps. Ils venaient de la ville et c'était la campagne, là où il en restait. Ils venaient d'un État et c'était un autre État du même royaume, et tous parlaient la même langue, tous dans la même langue acquiesçaient.

Ils firent ce qu'on leur dit de faire.

Certains montèrent sur des machines spéciales impossibles à téléguider d'aussi loin qu'il eût fallu. Certains conduisirent les engins qui suivaient les machines spéciales jusqu'au point d'où les téléguider. Certains s'aventurèrent où les machines n'allaient pas, où les machines tombaient en panne, où les machines se déréglaient, devenaient folles, sautaient dans le vide comme des forcenées.

Heureusement il se trouva un homme pour faire la machine. Un soldat de plomb. Puis un autre. Et un autre. Et bientôt les machines furent toutes humaines, et il fallut trouver un mot pour les désigner. On les appela *liquidateurs* et moi, Petro-tête-basse, j'en fus.

Lucie

*Comme nous avons agi, je l'ai déjà dit.*

Gorbatchev baisse les yeux et regarde ses feuilles. Il propose à Reagan une rencontre à Hiroshima, pour envisager un moratoire sur le nucléaire militaire. C'est peut-être le début d'un nouveau monde, mais les Américains ont l'air de penser que c'est une blague.

Les Français, eux, ne disent rien.

Sinon qu'il faut manger des fruits et des légumes, parce qu'à Rungis ça ne va pas très fort.

*Le malheur qui frappe le peuple russe,* dit Gorbatchev.

J'ai quinze ans et je suis russe.

Assis à côté de moi, mon père ne dit rien. Je ne sais pas ce qu'il pense. À la fin du journal il annonce que demain il y retourne. J'y vois une conséquence directe du discours de Gorbatchev, mon père se ressaisit, il prend la mesure de l'événement et se lève, il comprend qu'il n'a pas le droit de rester couché dans son coin, que c'est indigne de lui. J'ai envie de l'embrasser. L'étau se desserre. La fin du monde s'éloigne.

Dernièrement, je lui ai demandé s'il n'avait pas eu peur, lui aussi. Si ce n'était pas la peur qui l'avait couché, s'il n'avait pas vécu comme moi ces quinze premiers jours de mai, à guetter le silence. Il a dit oui, bien sûr, qu'est-ce que tu crois? Être ouvrier a été la plus grande aventure de ma vie.

J'ai compris que nous ne parlions pas de la même peur. Je m'en suis voulu, après tout ce temps. Les yeux rivés sur l'apocalypse, je n'avais pas pris la mesure du drame qu'il vivait, sa catastrophe à lui. Je n'avais pas vu le petit désastre dans le grand. Pour moi, quand il s'est levé ce 15 mai 1986, la vie a repris son cours. Il a choisi le congé et monté une entreprise de plomberie (l'arsenal, qu'évoqua de nouveau ma mère timidement, des *bêcheurs*). Il s'est mis au marathon. Que ce soit clair, il ne voulait plus entendre parler de rien. Ni de la gauche, ni du syndicat, ni des copains dont la vue seule lui faisait reproche.

Chacun pour soi. Le marathon était ce que mon père avait trouvé de mieux pour négocier le virage des années 80. La première fois qu'on l'a vu courir, on a cru qu'il allait y rester. Il était tellement épuisé qu'à l'arrivée il a craché du sang. Mais il s'est accroché, il avait tant à fuir. Il courait quand la Normed, née après le choc pétrolier de la fusion des chantiers navals du Nord et de la Méditerranée, a déposé le bilan. Il courait trois ans après, quand aux municipales la droite est passée. Et quand on a cassé l'outil, démonté, rasé, ça ne lui a fait ni chaud ni froid.

Parfois je me demande ce que seraient devenus les chantiers si le mur et les bâtiments n'avaient pas été détruits, les titans déplacés. Je me dis que les cannes et les ronces auraient repris le site, comme à Prypiat la forêt.

Le temps s'y serait arrêté.

Un temps de conte.

Des concepteurs de jeux vidéo en auraient donné une représentation 3D, proposant aux joueurs en ligne la map « Chantiers » parmi celles d'autres mondes fantômes.

Mon fils s'y promènerait G-36 à la main en vision infrarouge. Mon fils se promène régulièrement à Prypiat. Il m'y a emmenée faire un tour.

On s'y croirait.

*Pour mémoire,*
*court extrait des propos entendus dans le Paris-Cherbourg et notés dans mon carnet noir :*

*« Je reconnais que le nucléaire, ce n'est pas la panacée, mais en l'état actuel des choses, et pour la France, malheureusement… Évidemment s'il y avait un grave accident… vu la taille du pays… Évidemment en cas d'accident grave… Mais bon, pas de raison d'avoir peur. Les fissures de la cuve, à Tricastin, c'est parce qu'elle date de 2006, et les normes ont changé en 2009. Ça va sinon. Le retard d'ITER, c'est parce qu'Hollande a subordonné la fermeture de Fessenheim au lancement, donc on lancera en 2018, les élections sont en 2017… c'est voulu. On n'aurait peut-être pas été prêt avant, de toute façon, mais bon, c'est en place, tout est en place. Le problème, le plus gros problème, c'est le stockage.*

*Ça, c'est l'inconvénient. Mais contrairement à ce que disent les écolos, on sait faire. Les réduire. Les recycler. À peu près 92 %. Donc on peut faire plusieurs cycles. Par contre le peu de % qui restent… y'en a pour 200 à 300 millions d'années, hé hé.*

*Cela dit personne ne parle des autres déchets, le mercure, le plomb, qui sont indestructibles. Eux, c'est pour l'éternité quoi ! Mais c'est moins surveillé que les déchets nucléaires… Vous allez laisser ça à nos enfants… Ils ont beau critiquer, le nucléaire, c'est l'industrie la plus encadrée.*

*Le problème, le plus gros problème, c'est les écolos. Des teigneux. Ils ont réussi à faire peur à tout le monde avec le nuage, en 86. Alors que rien. Zéro danger. Chirac avait passé la consigne, on va pas foutre la trouille aux Français, c'est pour ça que Pellerin a pas été clair à la télé, ils s'en sont servis, ils se sont emparés du truc, alors que le nuage, il était pas dangereux, d'ailleurs les cancers de la thyroïde n'ont pas augmenté, je me suis vraiment intéressé au sujet, pas plus d'augmentation de cancers de la thyroïde qu'aux États-Unis sur la même période, attention je parle pas des ouvriers, y'a quand même eu 200 ou 300 gars qui travaillaient près de la centrale qui ont eu des problèmes de thyroïde après l'accident hein, mais c'est tout. Le nuage, il était pas radioactif. »*

# Sources

Svetlana Alexievitch, *La Supplication*, Éditions Jean-Claude Lattès pour la traduction française, [1997], 1998.

Igor Kostine, *Tchernobyl : confessions d'un reporter*, Les Arènes, 2006.

*Le Sacrifice*, réalisé par Wladimir Tchertkoff et Emanuela Andreoli, Production : Feldat Film, 2003.

*La Bataille de Tchernobyl*, réalisé par Thomas Johnson, France 3, Discovery Communication Inc., 2006.

Emmanuel Lepage, *Un printemps à Tchernobyl*, Futuropolis, 2012.

Aline Montaubrie, *La Presse russe et la catastrophe de Tchernobyl (1986-1995)*, G.R.H.I., Université de Toulouse II, 1996.

Ambroise Tézenas, *Tourisme de la désolation*, Actes Sud, 2014.

http://www.criirad.org/tchernobyl/2015-07-31tchernobyl-alpes.pdf

René Giovanelli, Marcel Connan, *Mémoires des chantiers navals de la Seyne-sur-Mer : les tuyauteurs*, Les Presses du Midi, 2014.

La phrase en italique page 110 est prononcée par la femme d'Anatoli, dans *Le Sacrifice.*

Les italiques page 130 sont des citations de l'intervention de Mikhaïl Gorbatchev à la télévision soviétique le 14 mai 1986.

Remerciements à (par ordre d'apparition)

Jérôme Bordes, Eva Heurtaut, Marcel-Paul Magagnosc, Joël Diacono, Marcel Connan et ses amis du port du Manteau, Xavier Gonzalez et Marie-Blanche Pron de l'Usine Utopik à Tessy-sur-Vire, les plasticiens XueFeng Chen et Seo HaeGeun, Valentina Dusavitskaya, Nikolay Schtok, Françoise Viard.

Et à Sandrine Thévenet, toujours là.

CET OUVRAGE A ÉTÉ ACHEVÉ D'IMPRIMER
SUR ROTO-PAGE
PAR L'IMPRIMERIE FLOCH À MAYENNE
EN FÉVRIER 2016

N° d'édition : 487. N° d'impression : 89383.
Dépôt légal : mars 2016.
*Imprimé en France*